〖中华诗词存稿·名家专辑〗
中华诗词学会 编

影珠书屋吟稿

(己亥增订本)

周笃文 著

中国书籍出版社
China Book Press

图书在版编目（CIP）数据

影珠书屋吟稿（己亥增订本）/ 周笃文著 . -- 北京 : 中国书籍出版社，2019.9

（中华诗词存稿）

ISBN 978-7-5068-7405-2

Ⅰ.①影… Ⅱ.①周… Ⅲ.①诗词—作品集—中国—当代 Ⅳ.① I227

中国版本图书馆 CIP 数据核字 (2019) 第 186027 号

影珠书屋吟稿（己亥增订本）

周笃文 著

责任编辑	王志刚
责任印制	孙马飞　马　芝
封面设计	采薇阁
出版发行	中国书籍出版社
地　　址	北京市丰台区三路居路 97 号（邮编：100073）
电　　话	(010) 52257143（总编室）(010) 52257140（发行部）
电子邮箱	eo@chinabp.com.cn
经　　销	全国新华书店
印　　刷	北京虎彩文化传播有限公司
开　　本	710 毫米 ×1000 毫米 1/16
字　　数	200 千字
印　　张	20
版　　次	2019 年 9 月第 1 版　2019 年 9 月第 1 次印刷
书　　号	ISBN 978-7-5068-7405-2
定　　价	268.00 元

版权所有　翻印必究

《中华诗词存稿》编委会名单

顾　　问：郑欣淼　郑伯农　刘　征　沈　鹏
　　　　　　葉嘉莹

编　　委：（按姓氏笔画排序）
　　　　　　丁国成　王　强　王改正　王德虎
　　　　　　刘庆霖　吕梁松　李一信　李文朝
　　　　　　李树喜　陈文玲　张桂兴　范诗银
　　　　　　欧阳鹤　杨金亭　林　峰　罗　辉
　　　　　　周兴俊　周笃文　宣奉华　赵永生
　　　　　　赵京战　钱志熙　晨　崧　梁　东
　　　　　　雍文华

主　　任：范诗银

副 主 任：林　峰　刘庆霖

执行主编：吕梁松　王　强　李伟成

秘　　书：李葆国

作者简介

周笃文，字晓川，湖南汨罗人。1934年生。原中国新闻学院教授，中外文化研究所所长，是国务院特殊津贴专家，从事古典文学及文献学教学研究四十余年，于宋词研究、敦煌文献、文字训诂之学攻治有年。又师从张伯驹、夏承焘先生从事韵文研究，是中国韵文学会及中华诗词学会创始人之一。现为中华诗词学会顾问、中华诗词研究院顾问、中国碑赋工程院副院长。著有《宋词》《宋百家词选》《金元明清词选》《豪放词》《婉约词》《影珠书屋存稿》，主编有《中外文化辞典》《全宋词评注》等。

总　序

　　我们这个诗歌大国有一个很好的传统,历来注重"采诗"、搜集整理诗歌材料。作为唯一的全国性诗词组织的中华诗词学会,自1987年5月成立以来,就十分重视这项工作。学会每年的学术研讨会和历届"华夏诗词奖",都出版论文集和获奖作品集。纪念学会成立二十年、三十年时,还专门编辑出版了《大事记》《论文选集》《诗词选集》。《中华诗词》创刊以来,每年都制作年度合订本。2007年5月,在北京天识东方文化艺术传播有限公司的资助下,以近代以来诗词创作、诗词理论、诗词运动重要文献汇编,当代名家个人作品专集等为主要内容,出版了《中华诗词文库》。经过十来年的编辑整理,已经出了近百卷。这些诗集、文集的出版,记录了近百年来尤其是改革开放四十多年来,中华诗词从起步、复苏走向复兴的砥砺前行的历程,为近、当代诗歌史的撰写准备了丰富的资料。

　　党的十八大以来,中华民族优秀传统文化重新受到应有的重视。习近平总书记《念奴娇·追思焦裕禄》词和《军民情》七律的相继发表,引领中华大地诗潮滚滚而来。《中共中央关于繁荣发展社会主义文艺的意见》和中办、国办《关于实施中华优秀传统文化传承发展工程的意见》,都明确提出"加强对中华诗词、音乐舞蹈、书法绘画、曲艺杂技和历史文化纪录片、动画片、出版物等的扶持。"国家教育部组织制定由中华诗词学会起草的新中国语言体系中的新韵书《中华通韵》已经通过国家语言文字工作委员会语言文字规范标准审定委员会审定，即将颁布全国试行。这些都使我们真切地感受到，中华诗词的春天真的到来了。诗人们乘着骀荡春风，正以高昂的激情，书写着中华民族伟大复兴的新时代、新史诗，国家富强、民族振兴、人民幸福的中国梦；正以与人民同呼吸、共命运的诗人之心，对人民的欢乐、人民的忧患、人民的情怀给以诗意的表达；正以"美"或"刺"的诗人之笔，对市场经济大潮中人民对幸福生活的期待，对美好未来的希望，对假丑恶的深恶痛绝，或给以方向，或给以赞美，或给以鞭挞。正如习近平总书记所指出的："好的文艺作品就应该像蓝天上的阳光、春季里的清风一样，能够启迪思想、温润心灵、陶冶人生，能够扫除颓废萎靡之风。"

当前，传统诗词创作者和诗词爱好者队伍发展迅速，已超过三百万。每天创作的诗词作品超过唐诗、宋词、元曲的总和。诗词评论研究队伍也成长很快，诗词评论、诗词学、诗词创作理论研究成果丰硕。如何从浩如烟海的诗词作品中"淘"出优秀作品，并使之存下来、传下去，如何使诗词研究理论成果"面世"并发挥应有的指导作用，确实是摆在我们面前的无可回避的一个重要课题。中华诗词学会是一个没有国家编制，没有国家拨款的社会团体，事业的运转主要靠社会赞助和会员费支撑。俊识（北京）文化传媒有限公司总经理吕梁松、北京采薇阁总经理王强，两位一直是对中华传统文化情有独钟的热心人，慷慨解囊，愿意同中华诗词学会一起，搜集整理编辑推出《中华诗词存稿》这套书，共同为中华诗词文化的继承和发展，做成这件十分有意义的事情。

《中华诗词存稿》主要搜集整理出版三部分内容的资料：一是当代诗词名家的个人作品集；二是当代诗词评论家、诗词学者的学术著作集；三是当代诗词作品、诗词理论学术成果阶段性、专题性、地域性的集成类作品集。诗词作品强调精品意识，沙里淘金，把"有筋骨、有道德、有温度"的优秀诗词作品搜集起来。诗词评论、研究类资料强调理论性和创新性，应具有鲜明的个性特点，具有创建性的见解。集成类的资料应有一定的史料保存价值。总之，做成一套具有当代价值和历史意义的好书。在此，我们编委会人员，向提供资料、筛选编辑、版面设计、校对勘误，包括所有为这套资料付出辛勤劳动的同志们，表示真诚的谢意！

郑欣淼

二〇一九年七月于北京

学士诗文才士笔

——周笃文《影珠书屋吟稿》增订本代序

李元洛

提笔为笃文兄的辉煌诗词集作序，蓦然回首，落在纸上的竟然是半个多世纪以前的暧暧烟云。

同是影珠人，生小不相识。影珠山亦名隐居山，镇守在湖南长沙与汨罗交界之地。山南为长沙，山北为汨罗。山北的田园乃笃文兄之故里，山南的阡陌是我的家乡。我们少年时应该曾同时呼朋唤侣，登临览胜；应该曾在山道弯弯处劈面相逢。但记得我们擦肩而过的，恐怕只有春秋已高的山神了。

有缘千里来相会。1956年盛夏，我考入北京师范大学中文系。有一天我经校门口的传达室准备外出，匆匆赶来报到的一位新生令我眼前一亮，至今不忘：斜皮带，大盖帽，全副戎装，雄姿英发。多年以后，我才读到他1953年作于朝鲜的《大通河泅渡》之诗："击水扬波兴自豪，任它雨急与涛高。阿郎家在江南岸，惯弄钱塘百尺潮。"这位来自朝鲜前线的新生就是周笃文——我儿时的纵使相逢应不识的同乡，弱冠之年有缘相聚四载的同窗，人生七十古稀之后乡情与友谊与湘水同长。

虽然同是雄姿英发，但一文一武，此周郎却非彼周郎。笃文兄幼承家学，少有夙慧，十岁读《镜花缘》赋诗："何来才子生花笔，尽叙人间欢乐篇，灯火三更声寂寂，梦魂颠倒镜花缘。"他虽自云打油，实乃小小少年之阳春白雪。其国文何老师为前清秀才，欣然于孺子可教乃赐赠《诗韵集成》一本。他璧藏至今，日月不居已六十三年矣。北师大中文系其时名师云集，如黎锦熙、黄药眠、钟敬文、李长之、刘盼遂、谭丕谟、穆木天、陆宗达、王汝弼、启功先生，均名高杏坛，誉满文林。笃文除课堂聆听他们咳唾之珠玉外，复趋府请益以求亲炙。于是学业精进、根深而基厚，远在一般同学之上。大学毕业后笃文任教于北京多所高校，虽然命途多舛，"文革"中也和芸芸知识分子一样在劫难逃。但他一本初衷，不改素志，笃于学而志于文。他本性淳良，敬重前辈，词学巨擘夏承焘先生沦落于当时，文史大家张伯驹先生蒙尘于浩劫，笃文虽自顾不暇，却仍尽力伸以援手，尽心予以照拂。老前辈感动之余，也视其为关门弟子，尽授平生学问，广为推荐时贤。笃文因得绍斯文一脉之馨香，登堂入室。古文献大家吴则虞先生曾说："一生低首服湘人，吾又见斯人矣。"夏承焘先生《赠周晓川君》云："东风百尺江潭柳，岁岁华予词几首。雕虫千古亦才难，莫袖屠鲸横海手。"可见前辈学人对其评价之高，期盼之切。

笃文兄不负师辈之教诲，亦不负天生之我才，今日已臻大成之境。作为中国韵文学会与中华诗词学会创始人之一，他为培养后继人才、推动中华诗词作了大量工作，功莫大焉。同时他以学者诗人一身而二任。既剔抉爬梳、寻章摘句写了不少独具见地的学术著作，又手挥五弦，目送飞鸿写了不少生面别开的锦绣文章。前者如森严的武库，后者似绚丽的花林，且让我们略加观赏。

笃文兄以学术安身。新时期伊始，他即在上海古籍社出有《宋词》一书，为"文革"收场以来此类研究的空谷足音，报喜花讯。此后《宋百家词》《宋词珍藏本》即接踵而至。此外还有《中华史籍精华译丛——金史》、《论语今译》（中英对照本）、《中华爱国思乡诗选》、《中华壮美山河诗选》以及《豪放词》、《婉约词》等书相继问世。一批重量级的专论如：以马勒的《大地之歌》和以屈原、李白与高力士为对象一批镕古汇今的考证训诂之作，也相继问世。如同总店之下开设的若干分店，又好似年终结算额外收获的"花红"。

笃文兄以诗词创作立命。作为学者，专业的著述自是当行本色。作为诗人，诗词创作才是他灵魂的栖居之乡。学者与诗人双肩挑，这在学界已属少见。诗创作与词创作双管齐下，这在诗词界也系难能。在诗词作品中笃文兄尤以词的成就为突出。这大约因为他本身是词学专家，于此道用力最勤用心最专之故。他的词有一袭清蔚之风，一股奇逸之气，在学殖深厚典雅华严之中，自有真挚活泼，挥洒自如的性灵，因而不同凡响。"霹雳当空击，卷狂飙、昏天墨日，海翻山坼。浩浩乾坤经劫换，鬼火燐燐青碧。纵横是豺狼狐蜮，万里长城真自毁，向高天、百问偏岑寂。骚楚恸，此何极。　　大江不废流朝夕。任儿曹、泥污秽染，清澄如一。检遍中华千卷史，功略人间谁及，更仁德人间谁比？眼底浮沉焉足数，定忠奸，自有春秋笔。

千万拜，寄肝膈。"这是作于1966年冬的《金缕曲》。在山崩海立、雪虐风饕的龙卷风中，在北京这个风暴眼的中心，在自己身陷牛棚微命难测的另类恐怖中，芸芸众生大都处于迷信麻木状态时，笃文抒写了他的疑惑与愤激，迷茫与希望。为自己留下了一曲悲壮的心音，为那一令人诅咒的时代留下了一帧血色的剪影。在平反冤案中笃文也奋其词笔，一申挞伐。如《八声甘州·彭德怀颂》后片云："百战奇勋盖世，更驱倭立国，抗美威扬。为生命请命，折角谏天王。炸庐山，万钧雷霆，齑粉碎忠良。沉冤雪，看丰碑起，霄壤腾光。"《水龙吟·张志新平反感赋》"任它雪虐风狂，孤芳一朵开如血。……忍见磨牙啮骨，恸罗兰、断头喉切……苦雨终风，十年吹转，阳和迸发。趁清平世界，黄金铸像，立生民极。"可谓忠义奋发，字字喷火冒血之作，自古词林少此变徵宏声。待到斗转星移，河山绚彩，词人笔下便是另外一番景象。"到眼溪山沁骨凉，莫叹朝阳，且惜斜阳。风吹吟袖动双双。句也生香，水也流香。　　玉柱金溪步步量。峰似鹰翔，石似鱼翔。黄花雅韵斗清霜，景胜三湘，人秀三湘。"这是作于1985年的《一剪梅·张家界金鞭溪》。琴弦上流泻的是轻倩欢快的旋律，和自然与生命天人合一的喜悦。而作于1988年的《行香子·海滩望月》呢？那更是一首写实与超实，具象与想象融为一体的上选之篇："波绉罗裙，云绣霞裳，正晞发龙女梳妆。镜奁开处，上下天光。便渔家乐，农家歇，酒家忙。严滩陶宅，金谷玉堂，问何似，海上徜徉。三生慧业，百转柔肠。任风头紧，船头侧，浪头狂。"清辞丽句，写实如画而又寄寓深长。令人不仅获得美的享受，而且也得到某种人生哲理的启示。

笃文兄词与诗两面开弓，其词已于上窥豹一斑，而其诗弓弦响处，也有"平明寻白羽，没在石棱中"之功力。其中尤以绝句更是精彩。"锦瑟华年去似流，琅玕袖里又谁投。空将报国书生泪，掷与天风一恸收。"这是写于1966年的《生日有感》。对于那个践踏人的尊严毁灭生命价值的夜气如磐的年代，他的咏叹也是一支羽箭；"书帷静掩路三叉，月子弯环上碧纱。一枕清风凉入梦，身骑蝴蝶到荷花。"《书帷》作于1976年，为组诗《山乡杂咏》之一。"文革"终于已近尾声，作者小住山乡，因而此诗写得清新婉约。尤其是结句遣词用语，反常合道，堪称才人手笔，余韵悠长。胡耀邦乃经纶天下之伟人，他的逝世成了天下之大事。1989年笃文有《吊耀邦同志》一诗，"多少河殇与国殇，百年回首叹沧桑。鱼鳖龙蛇同一哄，凭谁只手挽澜狂。"笔力遒劲，大气包举，既是出自肺腑的内心真情的抒发，也为一个特定历史时期亿万人的心声立此存照。

近些年来，得尝山水之债的笃文兄不乏朋侣清游与山海壮游。他的咏山水、记游踪之作不少，其中颇多佳构，读者自可揭开封面走进书中，和作者一路偕行，细加吟赏。不过，我要特为拈出的，是他和我话别的四首绝句。其时是1973年。我这个天涯沦落人在历经风霜雨雪之后，寄迹于洞庭湖畔的一所农村中学。日夜与云梦泽的涛声和大批判的喧嚣声为伴。为伴的还有迷茫、惶恐与凄凉。不意笃文兄间关千里，辗转道途，远从北京来访。一灯如豆，在嘘寒问暖之余，闭户倾心，诉说衷肠。犹记他断言江青必会垮台，彭德怀、右派、胡风集团必定平反。

蛰居草野的我真是闻所未闻，也闻所畏闻。在将信将疑又亟盼他的预言成真之际，对于这位昔日的大同乡与小同窗，恍兮惚兮疑是天外来客。他的《别元洛四首》其四有云："黯黯一挥手，云程又几千？思君如此水，潆漾小窗前。"往事并未如烟，三十多年后的今日，我在京华他的影珠书屋小窗下为其诗集作序，心中响起的竟然是他乡异国的歌曲《友谊地久天长》。

　　笃文兄今年花开两朵，双喜临门。一喜是他的诗词集行将问世，二喜是他作为主编与主要撰稿人而历时十三载洋洋千万言的《全宋词评注》即将付梓。他不仅总理全书，而且继唐圭璋、孔凡礼先生之后，钩沉索隐增补佚词多达二百余首。可谓功业昭昭，沾溉后学。我的区区小序，就权当志庆的一束花枝，祝福的一挂鞭炮吧！

二〇〇九年九月八日于京华影珠书屋

原　　序

蔡厚示　刘庆云

　　他自湘中大地走来，自幼感染着屈子的骚魂，贾傅的才调，沐浴着汨罗江的碧水，影珠山的岚光，灵心善感，才华横溢。他曾跃马沙场，经历"秦关汉月"；他曾久客京华，潜心韦编古典，结识文坛耆旧；他曾寻幽探胜，遍历祖国名山大川。正所谓曾"读万卷书，行万里路，交万人杰"者也。才情、阅历、学力，成就了他在吟坛斫轮老手的地位，创作既丰，造诣亦高。彼人者，即今著名教授而兼诗人之周晓川君是也。

　　古往今来，大家名家之作，往往是"无意不可入，无事不可言"，以此方知晓川诗词，是能相合者也。上自安邦定国之大事，下至个人幽微之心曲，大至长河朔漠，小至丛条幽花，无不摄入笔端，形之歌咏。从《香港回归》、《西部大开发》《煤矿巡礼》《太行山》《野菊》《情人岭看红叶》等诗词题目，即可窥其一端。读其诗词，我们既能感受到滚滚时代车轮的奋进，又能感受到静谧中心神入定的超脱，既能感受到那份对祖国壮丽山河的热情礼赞，又能感受到那份刻骨铭心的浓浓乡情，我们还能从《感事》等作品中深切感受到政治斗争的波诡云谲，从《八声甘州·总理周年忌辰》、《江城子·悼邓公》等词中再度领略伟人的风采……他们或能引人心灵震颤，或能催人精神奋发。

其《南郑即景》诗云："入目溪山景色奇，格兼豪婉最心迷。"此虽系状景，实亦作者追求之审美情趣，风格宜乎多样。其诗词不拘一格，异彩纷呈。有雄快流动者，如"携得如盘晓月，赶趁晨曦玉露，直上万峰头。……脚底长松千队，扑面飞云万变，古刹百重幽。一啸众山响，暾日出齐州。"（《水调歌头·中秋拂晓登岱顶观日出》）有慷慨愤激者，如"大江不废流朝夕。任儿曹、泥污秽染，清澄如一。检遍中华千卷史，功略人间谁及？更仁德人间谁比？眼底浮沉焉足数，定忠奸、自有春秋笔。"（《金缕曲·感事》）有清冷超逸者，如"入夜荷香气最淳，湖壖小憩静无音。星潢照水寒生角，独觅苍茫太古心。"（《湖亭夜坐》）有旖旎柔丽者，如："东堤畔，一朵尚轻黄。似临流照影，佳人窈窕，淡雅自生香。……珍重花边凝伫，恍个人、相晤小轩窗。伴青灯一点，咿哑细雨浣愁肠。"（《南浦·咏冬日野菊》）有轻灵秀逸者，如"儿时旧梦又轻回，曲径逶迤向小台。布谷声声鸠唤雨，满庭栀子正花开。"（《寻梦和以仁兄韵》）如此多姿多彩，我们很难用古代文论中的某一审美范畴或现今的某一词语来概括其整体风格，只觉得作品充溢着一种俊雅、动荡之美。譬之如绘画，色彩明丽而不晦暗，线条流畅而不板滞，气韵生动而不枯淡，满载着生命的律动与活力。这种美实源于作者对生活的热爱，对现实的关注与对事业的执著追求。

晓川诗词兼擅，俱臻工致。其诗专攻近体，近体中又以绝句为主。清查慎行云：绝句宜"收拾光芒入小诗"。能收拾光芒，即饶意味。此吟稿中收绝句约260首，精金美玉，多不胜数。如：

少年投笔戍三边，卅载京尘染鬓斑。
中夜江南听鹃语，乡情一缕已生烟。

——《听鹃》

烟云渺渺起平芜，曳白拖蓝意态殊。
到眼湖山青可掬，数声布谷递相呼。

——《亭前观雨》

诗兴何如酒兴浓，蓼花浅水觅前踪。
难忘细雨重阳夜，别浦渔灯一点红。

——《家英先生出示新作，走笔赓和》

小亭湖畔领清幽，收拾光芒到此楼。
莫谓萧斋容膝地，曾惊雷雨震环球。

——《越行诗》

其所具诗情画意，其所含神理韵味均不让唐人诗作。而律诗亦颇见功力，五律如《登黄山天都峰》："天半云门路，烟霞拂面生。一筇随俯仰，万壑任纵横。泉石有奇趣，松篁余逸情。撷芳心意在，绝顶试攀行。"七律如《七夕和君坦丈》："看花中酒一年年，又到西风雁叫天。秋气渐生汀蓼外，吟怀每向白云边。填桥已秃通灵鹊，面壁犹持无住禅。瘦蝶凉萤皆自得，未须辛苦卜金钱。"皆不落俗套而有深衷远致。至若"磨盾三军传羽檄，横刀一马夺昆仑。"（《戴肩先生置酒京门》）、"斯民忧乐心中事，故国山河梦里家"（《杜甫》）、"入窗明月三浮盏，快意风帆九绕湘。"（《和六补芹句韵》）、"万井封疆还禹甸，百重史牒记良筹。"（《香港回归》）等对仗，不唯工整，更兼气势非凡，思致沉着。

作者曾自称"顾曲周郎"，可想见其不唯具周瑜之风流儒雅，亦兼具精通音律之才艺。我们此处用"顾曲"乃指其精通"倚声"之音乐文学——词。作者曾有《宋词》等著作面世，对词之精义多有阐发，故其于词之创作一道，深得三昧，无论令曲抑或长调，皆能合度，显当行本色。试看《扬州慢·游滇池吊聂耳》：

曲槛喷泉，疏花瘦竹，春城何限清妍。倚轷𫐓十里，尽如画山川。载笔向，沙堤眺远，柔波万顷，袅袅轻烟。是耶非？临镜仙姝，谁适云鬓？　半生浓想，算而今鸥梦初圆。好濯足沧浪，餐霞绝顶，吊古碑前。犹记救亡当日，悲歌动，响彻云天。又夕阳渔唱，平湖处处红嫣。

写滇池之景清妍无限，柔情万缕，意态何其婵媛！而在下片中间却穿插对聂耳的凭吊。"犹记救亡当日，悲歌动、响彻云天"数句，读来有如冷水浇背，令人陡然一惊，于优美宁和之境中教人警醒，岂不蕴含有居安思危之深意乎！而词之抑扬顿挫、波澜起伏，可谓深得艺术辩证法之神髓，将婉丽、清旷、悲壮等风格熔于一炉，更非高手莫办。至于集中之短调：

> 一道清江带远山，轻车摇梦入苍峦。柳丝无力曳荒寒。　彩笔千秋留恨史，松寮风雨久凋残。蛩沉雁噤总无言。

（《浣溪沙·重阳日独寻雪芹故址》）

其风神韵致正不在北宋小晏、秦郎之下。

晓川既是诗人，亦为学者。其创作颇有杜甫所谓"读书破万卷，下笔如有神"者，每有所感，发而为诗，万象毕呈，辞藻纷至，从容挥洒，略无窘迫。或从生活中提炼出新的意象，或从历史中择取富有表现力的事物，或运用现代口语、古语，或自铸新词、壮词。如"顾曲周郎人向老，停云陶令菊犹香。""何日移家向闽海，浊醪初熟隔篱呼。"（《奉和林恭祖先生》）"司马青衫，陈王梦枕，一例成凄怨。"等语，若胸无点墨，焉能及此！像"酽绿娇红"（《浪淘沙》）之"酽""大漠长河拥朔方"（《沙坡头放歌》）之"拥"，"好个天池水，猫睛美不如"（《白山天池》）、"榴云万顷欲烧空，艳比村娃颊样红。（《石榴园》）之比喻，若无丰富的想象力与创造力，安能有此等新颖奇峭之语！其《答许昌诗友》"诗贵天然意贵新，情真律稳语通神。个中三昧能参透，便是风骚国里人。"想来当系夫子自道。

当代吟坛，著作如林，晓川诗词乃为其中之翘楚，高出凡辈，远轶庸流，卓然特立，自可名家。

与晓川兄交厚已二十余载，相逢会间，嬉娱山水，谈今说古，评诗论文，可谓是老友、良友、挚友，今其吟稿付梓，令人欣忭，嘱为作序，敢不应命！遂在先睹为快之后，约略写下如上感想，言虽浅陋，却系由衷。

癸未春日谨序于双柳居

自 序

余生于读书旧家，甫十月，能行走，老辈见曰：是儿命必劳累。小时随父旅食南北。抗日烽起，避兵归汨罗南仑故里。文夕长沙大火，立塘岸远眺，天南桢赤，便隐隐生愁。未几，母病不起，重罹忧患。依大母居者三年，伶仃孤子，益多悲而善感。及智力渐开，每闻伯叔兄姊谈诗论古，则怡然乐笑，盖天性耽诗如此。

追寇氛日炽，乃远走安化，颠沛万山丛中，时或饥馁相继。旋闻故居灰烬，戮及族属，弥增家国之痛。抗日胜利，年十一。依父就读于桂阳。时和平初奠，生活渐安，遂得一心向学，日诵诗古文辞。读《镜花缘》题句云："灯火三更声寂寂，梦魂颠倒镜花缘"，此为作诗之始。越年，随父至南京，考入市立一中。以文言应作文试，人颇异之。解放不久，参军入朝。虽战火纷飞，而时涌吟兴。集中《大通泗渡》即其一也。一九五六年回国，考入北师大中文系，首抠谒乡先辈黎劭西先生于淹通胡同。并从黄药眠、刘盼邃、王汝弼诸先生游。稍知治学为文之道。续有论诗文字，载于报刊。及文革变生，万喙噤声。横祸傥来，悲恨莫名。乃赋诗以寄愤。如《生日有感》、《金缕曲·感事》诸作，皆一九六六年记事之悲吟也。

一九七二年自河南干校返京，适值伯驹词老归自长春。遂前往请益。谬承不弃，收列门墙，亲承薰炙。指疵开悟，无间寒暑。并得从吴则虞、何鲁、任中敏、黄君坦、萧劳、周汝昌、徐邦达诸前辈游。茅塞顿开，获教深矣。则虞先生赐诗云："去年一病叹支离，学变深惭六译师。幸有启予周氏子，安排旧谊养新知。"师弟一灯，神交古贤，浑不知斯世何世。

一九七五年承焘师养疴北来。词坛泰斗，心仪久矣。当日即趋谒于朝阳楼。为安排治疗住院，奔走久之。因得乘间请益。焘师乃详为开示学词蹊径，指导从事词学研究。《宋词》一书，后遂于一九七九年问世。张夏二老，南北词坛之巨擘也。虽身处"文革"逆境，而不改坦夷自若之度。时与京门诸老登山临水，联吟作对，乃至诗钟之戏。颇有崩泰山而不沮、处涸辙以犹欢之岩岩鸿儒气象。

即至四凶受缚，国步重光，张夏二老及汝昌先生乃上书中央，倡议成立中国韵文学会，以振兴吟业。余与冯统一君实任奔走联络之役。一九八四年学会成立时，张老已不及亲见。然今日诗坛之活跃，实肇端于此。后筹备中华诗词学会，余受夏师委托参与发起工作，迄今近二十年。前尘回首，师辈凋零尽矣，曷胜慨叹。

予自髫龄为诗，至今五十余年。世路坎坷，忧患丛至。稍得遂怀者，改革开放之二十余年耳。然犹杂琐缠身，难得静心创作。检点存稿，惬意者鲜。诗者冥搜之艺也。刘彦和云："陶钧文思，贵在虚静"。盖方寸虚明，则能含受万象。心志凝静，则可由静生慧，获致妙想。好诗词既要"入情"，又须"尽象"。能"入情"则可诱发灵感，鼓舞意志，呈现性灵而感动人心。西汉大赋，非不堂皇华美。然一味铺陈物象，如对类书。令人举卷欲睡者，无个人性情际遇之故也。"尽象"者，穷形极相，铸造个性化、独创性意象之谓也。诗词书画诸艺，皆藉象以寓情、写意、成境而印心者也。象也者，天地万物之色貌也。唯能摄取其精髓、穷尽其形态，升华其幽情壮采，以创造独具个性之艺术生命，乃得为真作手。

　　"冥搜""入情"与"尽象"乃余治诗之鹄的，亦前辈师长开示之艺术精神。然余知而未及深，行而不能专，岁月蹉跎，殊少长进，思之愧怍。兹集录存旧作五百首，按诗词分两类，略依时代为序，藉便稽考。自知浅陋，略书学诗经过于上。并世方家，尚祈有以教之。

周笃文识
癸未暮春于北戴河寓斋

目 录

总　序 ·· 郑欣淼　1
学士诗文才士笔
　　——周笃文《影珠书屋吟稿》增订本代序 ············· 1
原　序 ·· 蔡厚示　刘庆云　7
自　序 ·· 13

上篇　诗

大通江泗渡 ·· 3
中秋京郊步月 ·· 3
读报有感 ·· 3
生日有感 ·· 3
长沙至衡山道中 ··· 4
有忆 ·· 4
　　玉　兰 ··· 4
大觉寺纪游诗 ·· 4
　　花径和碧丈 ··· 4
　　又 ·· 5
　　又 ·· 5
　　辽　碑 ··· 5
题画诗（三首） ··· 5
　　题四君子图 ··· 5
　　题牡丹芳草图 ··· 6

题芍药蜂蝶图…………………………………… 6
七夕和君坦丈……………………………………… 6
七夕和晋斋翁……………………………………… 7
故宫赏牡丹和丛碧丈……………………………… 7
北首燕路有怀云章先辈…………………………… 7
侯集留别廷章……………………………………… 8
漓江纪游诗（四首）……………………………… 8
　　兴坪夜泊………………………………………… 8
　　观莲处口号……………………………………… 8
　　伏波山…………………………………………… 8
　　别桂林…………………………………………… 9
奉题萧斋牵牛花馆图（二首）…………………… 9
　　又………………………………………………… 9
别元洛（四首）…………………………………… 10
海滨杂咏（四首）………………………………… 11
山乡杂咏（四首）………………………………… 12
　　水　库…………………………………………… 12
　　雨　后…………………………………………… 12
　　清　溪…………………………………………… 12
　　书　帷…………………………………………… 12
大治颂和谷城丈…………………………………… 13
玉言翁六十初度寿词……………………………… 13
沈本千先生惠画作此报谢………………………… 13
今吾有域外之行，赋此为别……………………… 14
零陵道中…………………………………………… 14
壬戌暮春诸同学招游颐和园，
怅触前尘慨然成咏………………………………… 15

登黄山天都峰	15
柬洞庭诗社诸吟友	16
敦煌石室抒怀	16
南行草（五首）	17
岳阳楼	18
凤凰访沈从文、黄永玉旧居	18
村居即事	18
又	19
岭南诗草	19
星湖天柱峰眺远	19
羊城观梅	19
王季老	20
华钟老	20
吴匋老	20
苏渊老	20
洛中草（五首）	21
有怀星沙故人（四首）	22
南岳放歌（四首）	23
登祝融峰顶	23
南台寺	23
麻姑仙境	23
懒残岩	23
武夷吟草	24
陪千帆丈九曲放筏口号	24
流香涧	24
天游山	24

登天游峰次厚示兄韵……24
雨中抵重庆，灯火满山，欣然有作……25
山城雨中习静……25
"何处难忘酒"效乐天（二首）……25
有怀张作斌诗翁……26
奉和澍兄枉顾寒斋长句，
兼简王镛、陈平诸诗友……26
极目阁抒怀……27
吊耀邦同志……27
读《洛神赋》，用辘轳体……27
赠文学院诸同学……28
山中书感（二首）……28
粤行草……29
同评委诸公游飞来寺口占……29
壬申元旦立春书感……30
谋场以熊鉴见怀之作相示，兼命同作……30
咏案头水仙……31
将有湘桂之行，因赋……31
　　　又……31
家英先生出示新作，走笔赓和……32
题《摄影天地》……32
谢江树峰老赐书敬呈一律……33
戴肩先生置酒京门谨赋长句……33
贺千帆丈八秩椿寿……33
有感……34
陕行草……34

别刘生 …………………………………………… 35
合州钓鱼城怀古 ……………………………… 35
毛泽东诗词研讨会作 ………………………… 35
南郑怀放翁 …………………………………… 36
南郑即景 ……………………………………… 36
甲戌春节怀谷城丈 …………………………… 36
有感 …………………………………………… 37
奉和林恭祖先生仙谿楼落成六律 …………… 37
台南袁修文先生赠诗勖勉，依韵申谢 ……… 38
同厚示放筏泸溪，道中得句 ………………… 39
席间奉酬范教授 ……………………………… 39
和人寿温泉诗韵，反其意而用之 …………… 40
杜甫二首次霍老 ……………………………… 40
从化天湖道中和厚示 ………………………… 41
以仁教授台海寄诗述及上海词会嘤鸣之乐，
诵读欣然，谨步元玉奉酬一律 ……………… 41
江心寺口号 …………………………………… 41
《当代诗词》十周年有感 …………………… 42
　　又 ………………………………………… 42
寻梦和以仁兄韵 ……………………………… 42
七律赠以仁先生用陈伯元教授韵 …………… 43
次熊鉴赠朱帆韵 ……………………………… 43
又拈"乞"字一首 …………………………… 43
燕化颂 ………………………………………… 44
与诗友拈句得虚字（二首） ………………… 44
玉渊潭泛舟口占 ……………………………… 45

登郑成功纪念馆后楼眺望金门有感…………………… 45
和汝昌翁五补芹句韵…………………………………… 45
和六补芹句韵…………………………………………… 46
和七补之作……………………………………………… 46
咏史诗…………………………………………………… 47
    张　衡………………………………………………… 47
    蔺相如………………………………………………… 47
    徐霞客………………………………………………… 47
    马寅初………………………………………………… 47
    张　骞………………………………………………… 48
    刘解忧………………………………………………… 48
    欧阳修………………………………………………… 48
    赵　抃………………………………………………… 48
    顾炎武………………………………………………… 48
    龚自珍………………………………………………… 49
    蔡　锷………………………………………………… 49
万亩石榴园……………………………………………… 49
煤矿巡礼（二首）……………………………………… 50
赠尚威、金英表兄嫂…………………………………… 50
赠人……………………………………………………… 51
天堂寺渠首……………………………………………… 51
光明峡倒虹吸工程……………………………………… 51
鲁土司衙………………………………………………… 52
雨中同鲁言游皋兰山…………………………………… 52
大漠乘驼………………………………………………… 52
黄河放筏………………………………………………… 53

宁夏采风录（六首） ………………………………… 53

沙坡头放歌 ………………………………… 53

又 ………………………………………………… 53

银川印象 ……………………………………… 53

沙湖即目 ……………………………………… 54

西夏王陵 ……………………………………… 54

留别中吟兄 ………………………………… 54

皖南吟（十一首） ………………………………… 54

安　庆 ………………………………………… 54

渡　江 ………………………………………… 55

登天都 ………………………………………… 55

赠画家林锴 ………………………………… 55

赠马彦 ………………………………………… 55

黄山迎客松 ………………………………… 55

太平湖放舟 ………………………………… 56

又 ………………………………………………… 56

西递村古民居 ……………………………… 56

九华山 ………………………………………… 56

听　鹃 ………………………………………… 56

始信峰 ……………………………………………… 57

伟哉，邓公 ……………………………………… 57

又 ………………………………………………… 57

深圳民俗村观演出 ……………………………… 58

香港回归感赋次玉言翁韵 ……………………… 58

二叠玉老州韵 …………………………………… 58

大连海滨杂咏 …………………………………… 59

又 …………………………………………………………… 59
又 …………………………………………………………… 59
又 …………………………………………………………… 59
次周策纵先生曹红诗韵 ……………………………… 60
九七国庆次汝昌先生韵 ……………………………… 60
昆明研讨会留别诗友 ………………………………… 60
黄果树短章 …………………………………………… 61
龙宫飞瀑 ……………………………………………… 61
虎年元旦抒怀 ………………………………………… 61
次燕祥诗兄新正赠诗韵 ……………………………… 62
次汝昌先生开岁诗韵 ………………………………… 62
杜运燮诗老八十寿词 ………………………………… 62
潮州吟草　四首 ……………………………………… 63
  俯眺潮汕，机上得句 ……………………………… 63
  赠铮浩 ……………………………………………… 63
  留别楚楠兼柬松元、子怡诸君 ………………… 63
  别麒子 ……………………………………………… 64
新疆诗会短歌 ………………………………………… 64
  甘新道中 …………………………………………… 64
  石河子棉田 ………………………………………… 64
  天池遇雨 …………………………………………… 64
白山放歌 ……………………………………………… 65
  赴白山文化研讨会道中作 ………………………… 65
  白山天池 …………………………………………… 65
  白山大峡谷 ………………………………………… 65
寿潘慎七十 …………………………………………… 66

野草二十周年纪念 …………………………………… 66
　　又 ……………………………………………………… 66
世纪颂诗赛开赛式作 ………………………………… 66
次汝昌翁世纪颂开赛诗韵 …………………………… 67
星沙喜晤焱森会长 …………………………………… 67
喜会尚威、坦宾表兄席上作 ………………………… 67
武陵源口占 …………………………………………… 68
厚示、庆云嘉礼，次国正兄韵 ……………………… 68
承德吟 ………………………………………………… 68
　　平湖峰影 ………………………………………… 68
　　烟雨楼观荷 ……………………………………… 68
　　湖亭夜坐 ………………………………………… 69
　　亭前观雨 ………………………………………… 69
赠陈平画家 …………………………………………… 69
深圳大亚湾　二首 …………………………………… 69
　　又 ………………………………………………… 70
周庄诗草（四首）…………………………………… 70
明湖诗社十周年作 …………………………………… 71
李白杯诗赛作 ………………………………………… 71
奉题吴君诗词集 ……………………………………… 71
赞开平（又名孔雀城）……………………………… 72
　　又 ……………………………………………………… 72
南楼抗敌碉堡七烈士 ………………………………… 72
雨中过西湖朝云墓 …………………………………… 72
深圳诗词培训中心揭牌作 …………………………… 73
读《岭海联吟庆新春》有感 ………………………… 73

便江吟（四首）……73
展先人墓……74
谢世琪惠茶……74
西部大开发有感……75
谢蔺君惠砚……75
奉题玉芳诗老《夕香集》……75
白山吟草……76
　　延吉道中（十首）……76
重游龙虎山（四首）……79
弋阳圭峰（二首）……80
聊城（二首）……80
辛巳春日武夷柳永讨论会口占……81
　　又……81
　　又……81
　　又……81
慰汝伦病中（二首）……82
　　又……82
天台诗抄（四首）……82
　　石梁飞瀑……83
　　云锦杜鹃……84
合肥行……84
　　又……84
大连夜色……84
赠本义兄……85
越中吟草（八首）……85
婺源鸳鸯湖吟稿（四首）……87

西塞山（黄石矶）怀古 …………………………………… 88
平海短歌（二首） ………………………………………… 88
赠云青砚师 ………………………………………………… 89
丛园消夏录（八首） ……………………………………… 89
  （一） …………………………………………………… 89
  （二） …………………………………………………… 89
  （三） …………………………………………………… 89
  （四） …………………………………………………… 90
  （五） …………………………………………………… 90
  （六） …………………………………………………… 90
  （七）笔架山 …………………………………………… 90
  （八）松涛阁 …………………………………………… 90
长平关怀古 ………………………………………………… 91
参观江石榴园 ……………………………………………… 91
壶口月下放歌 ……………………………………………… 91
华山短歌（四首） ………………………………………… 92
  （一） …………………………………………………… 92
  （二） …………………………………………………… 92
  （三） …………………………………………………… 92
  （四）戏赠同游诸君子 ………………………………… 92
咏黄遵宪（二首） ………………………………………… 93
烟台行次明锵诗家韵（二首） …………………………… 94
为红豆诗赛作 ……………………………………………… 94
答许昌诗友 ………………………………………………… 94
题承武《秋韵集》 ………………………………………… 95
五泄吟（五首） …………………………………………… 95

癸未秋陪李锐、刘征、林锴老游漓江（二首）……… 96
灵渠即兴（二首）………………………………… 97
秋日浏阳瞻仰谭嗣同故居………………………… 97
梦芙追和楚楠评诗长句，余亦继声………………… 97
神农架谣…………………………………………… 98
白洋淀放歌（二首）……………………………… 99
  又…………………………………………… 99
黄山吟（三首）…………………………………… 99
乙酉湘中杂咏……………………………………… 100
  平江谒杜甫墓（二首）………………… 100
  磐石洲泛舟……………………………… 100
  白鹤洞寻踪……………………………… 101
海峡诗会龙岩道中得句…………………………… 101
次鹏老元宵长句韵兼呈凯公伉俪………………… 101
王莽岭和扶疏诗家………………………………… 102
丙戌清明陪马凯、沈鹏诸公大觉寺雅集………… 102
内蒙杂咏…………………………………………… 102
  车到集宁………………………………… 102
  岱海泛舟………………………………… 103
  草原驰马………………………………… 103
长兴茶乡吟………………………………………… 103
  顾渚茶…………………………………… 103
  金沙泉…………………………………… 103
  紫砂壶…………………………………… 104
丁亥中秋登岳阳楼………………………………… 104
  又………………………………………… 104

九寨沟即兴（三首）·················104
戊子上元寿汝昌老九十椿寿（四首）·········105
 （一）·······················105
 （二）次玉老倒叠韵再颂椿寿··········106
 （三）再叠"牛韵"以颂·············106
 （四）四叠再寿·················107
附 周汝昌先生答诗沈先生自南返京，即惠诗寿我。
高唱美句，感愧交并，仍叠韵以铭敝衷。·······107
呼伦贝尔放歌····················108
 呼伦印象····················108
 达赉湖次国仁兄韵···············108
 满洲里即兴···················108
吴江垂虹桥·····················108
苏州寒山寺·····················109
初食河豚······················109
龙游地下石窟····················109
同瑜英诗家游江郎山·················109
次岳琦白山望天鹅诗韵················110
集安怀古······················110
玉溪抚仙湖·····················110
南阳行·······················111
西峡恐龙园·····················111
平谷采风谣（三首）·················111
 金海湖泛舟···················111
 轩辕台眺远···················112
 挂甲峪抒怀···················112

本义书家兰亭八屏新张斋壁。日夕相对，
　　有水流花放，悠然自得之致，感而有作……………112
长松歌……………………………………………………113
　　——刘征老九秩椿寿………………………………113
喜读鹏公贺四代会草书长幅……………………………113
陪沈老谒百岁锐公………………………………………114
中秋庐山漫成（二首）…………………………………114
小斋吟……………………………………………………114
日本游（五首）…………………………………………115
　　富士山………………………………………………115
　　乐游原之晨…………………………………………115
　　富士湾………………………………………………115
　　浅草桥晨眺…………………………………………115
　　飞渡太平洋，喜见圆虹……………………………116
同清安游黄鹤山作………………………………………116
　　央视诗词大会赞并简鹏老、征公…………………116
刘征老献书颂……………………………………………116

下篇　词

少年游……………………………………………………119
金缕曲·感事……………………………………………119
南浦·咏冬日野菊………………………………………120
临江仙·敬题碧丈《梦华图》…………………………120
浣溪沙·重阳日独寻雪芹故址…………………………120
望江南·题吴则虞先生《曼榆馆词》…………………121
浪淘沙·资江道中………………………………………121

风入松·次韵玉老咏《三六桥本红楼梦》之作·············121
　　　又···122
渡江云·癸丑重阳节后霜降日
陪碧丈香山看红叶···122
水调歌头·次韵碧丈除夕词·····································123
木兰花慢···123
满庭芳·奉和蘡老清水院之作···································124
念奴娇·蘡丈以《小留香馆词》见示，
兼命同作　124
满庭芳·贺章行严丈九十晋三椿寿·····························125
临江仙·和瞿丈赐词···125
虞美人·乙卯中秋作，效竹山体·································126
浣溪沙·和碧丈九日访雪芹故居之作·····························126
减字木兰花·和瞿丈香山词·····································126
鹧鸪天·次韵君坦翁某公主逐队买菜之作·······················127
临江仙·颐和园秋游即兴·······································127
踏莎行·赠统一···127
八声甘州·赠画家林锴···128
采桑子·粉碎"四人帮"和谷城丈见赐之作·······················128
临江仙·叶帅八旬椿寿献辞·······································128
平韵满江红·和君坦丈喜瞿师北归之作·························129
平韵满江红·岳阳楼眺远·······································129
八声甘州·总理周年忌辰作·····································130
金缕曲·寿碧丈八十华诞，次君坦丈韵···························130
摸鱼儿···131
汉宫春·峨眉山···131

扬州慢·游滇池，吊聂耳墓 …………………………… 132
高阳台 ………………………………………………… 132
八声甘州·彭德怀颂 ……………………………………… 133
水龙吟·张志新颂 ………………………………………… 133
临江仙·鉴真塑像返国，词以颂之 ……………………… 134
减字木兰花·车过南京长江大桥 ………………………… 134
水调歌头·零陵泛舟 ……………………………………… 134
水调歌头·长沙湘江大桥眺远 …………………………… 135
八声甘州·敦煌 …………………………………………… 135
虞美人·和草莱 …………………………………………… 136
八声甘州·中国韵文学会成立献词 ……………………… 136
一剪梅·张家界金鞭溪——次草莱韵 …………………… 136
木兰花慢·北戴河 ………………………………………… 137
减字木兰花·雁凌弟学成南返作此为别 ………………… 137
齐天乐·丁卯重午中华诗词学会成立作 ………………… 138
喝火令·重阳雪霁登香炉峰，时值十三大闭幕 ………… 138
减字木兰花·龙年试笔 …………………………………… 138
巫山一段云 ………………………………………………… 139
临江仙·同岩石、草莱游麓山 …………………………… 139
行香子·海滩望月 ………………………………………… 139
望海潮·秦皇岛 …………………………………………… 140
水调歌头·下三峡 ………………………………………… 140
水调歌头·新修滕王阁，词以落之 ……………………… 141
水调歌头·赠青子画家 …………………………………… 141
减字木兰花·迎马年诗会作 ……………………………… 142
减字木兰花·赠中州诗词 ………………………………… 142

凤栖梧·题百鸟朝凤砚·················142

豆叶黄·题豆荚砚·················143

荷叶杯·题象鼻砚·················143

水调歌头·庚午秋日陪赋学会诸君子游泰山·········143

蓦山溪·襄樊安康道中·················144

金字经·迎春曲·················144

北双调·沉醉东风羊年春宴作奉叶玉超、
叶嘉莹先生·················144

临江仙·七一过叶帅故居·················145

太常引·游漓江赠台北郑向恒先生·············145

临江仙慢·汨罗怀古·················145

书斋四适试作汉俳·················146

  观 书·················146

  啜 茗·················146

  吟 诗·················146

  临 池·················146

临江仙·留别二部诸同学·················147

八声甘州·同玉才兄登大雁塔·················147

高阳台·同诸诗友游龙虎山、泸溪·············148

八声甘州·大龙湫观瀑，有怀承焘师·············148

减字木兰花·汕头诗人节上作·················149

沁园春·糊涂楼欢迎嘉莹先生席上作·············149

减字木兰花·················149

南歌子·澍兄七旬览揆，戏琢小词，以介眉寿·······150

南歌子·吊张报老·················150

水调歌头·鼠年联欢节口号·················150

水龙吟·祁连大通河引水工程赋 ……………… 151
水龙吟·秦王川怀古 ……………………………… 151
水调歌头·引大入秦工程赞 ……………………… 152
太常令·徐邦老八五椿寿 ………………………… 152
江城子·悼邓公 …………………………………… 153
临江仙·寿李锐老八十，用赵朴老韵 …………… 153
庆清朝·回归礼赞 ………………………………… 154
南歌子·和邦老寿汝昌翁八秩词 ………………… 154
南歌子·寿玉言先生八秩初度 …………………… 155
水调歌头·中秋拂晓登岱顶观日出 ……………… 155
江南好·题修淬光先生诗集 ……………………… 155
减字木兰花·贺永兴中青年诗会 ………………… 156
减字木兰花·深圳端午 …………………………… 156
庆清朝慢·千禧献词 ……………………………… 156
菩萨蛮·辛巳春日过访顺良伉俪 ………………… 157
临江仙·同张结、顺良伉俪游普陀 ……………… 157
太常引·蠖丈九秩椿寿献词 ……………………… 157
南歌子·陵川道中作 ……………………………… 158
临江仙·情人岭看红叶 …………………………… 158
水调歌头·太行佛子岭峡谷 ……………………… 158
八六子·参观王莽岭锡崖沟感赋 ………………… 159
高阳台·游白山天池、瀑布作 …………………… 159
减字木兰花·题诗联集 …………………………… 160
减字木兰花·题《燕南诗词》 …………………… 160
卜算子·读琦培《飘走的云》诗集 ……………… 160
浣溪沙·一新先生追思会上作 …………………… 161

百字令·人民文学出版社成立五十周年…………161
临江仙·婺源江湾感赋…………162
浣溪沙·申奥成功作…………162
喝火令·北海银滩…………162
浪淘沙·岳桦林下作…………163
临江仙·陪李锐老赴天台机上得句…………163
临江仙·琼台石峰如柱，类若神针，因赋…………163
临江仙·千岛湖展承焘师墓…………164
临江仙·兰溪留别亚男…………164
减字木兰花·奉题西秦百家诗选…………164
满庭芳·白云合唱团诗词咏唱会喜赋…………165
浪淘沙·赤壁怀古…………165
浪淘沙·赤壁诗会感赋…………165
临江仙·木府…………166
水调歌头·玉龙雪山颂…………166
水龙吟·虎跳峡…………167
减字木兰花·雨中登鹳雀楼…………167
减字木兰花·永乐宫抒怀…………167
减字木兰花·壶口观瀑…………168
减字木兰花·蓬莱阁…………168
减字木兰花·养马岛…………168
减字木兰花·镇江吟…………169
满江红·贺广州诗词学会成立二十周年…………169
摊破浣溪沙·南山荔枝…………169
摊破浣溪沙·赠北如…………170
减字木兰花·雪中游五台…………170

又……………………………………………………170
海滨杂咏……………………………………………171
　　眉峰碧·北戴河道中……………………………171
　　行香子·战非典…………………………………171
　　虞美人·浪石……………………………………171
　　西江月·渔阵……………………………………172
　　水调歌头·波光…………………………………172
　　最高楼·拾贝……………………………………172
金人捧露盘…………………………………………173
喜迁莺·望星云……………………………………173
谒金门·神州号飞船………………………………173
好事近·咏纳米……………………………………174
一剪梅………………………………………………174
楼居记趣（四首）…………………………………174
　　临江仙·水族箱…………………………………174
　　临江仙·吟诗……………………………………175
　　西江月·莳花……………………………………175
　　西江月·布老虎…………………………………175
南乡子·自题诗集示黄君弟………………………176
浪淘沙·常德诗墙…………………………………176
水调歌头·载人飞船发射成功……………………176
最高楼·中华颂……………………………………177
唐多令·柳州龙潭公园……………………………177
减字木兰花·为青年诗会作………………………177
减字木兰花·立冬前夕京门雷雪大作……………178
减字木兰花·廊坊赞………………………………178

减字木兰花·文艺中心……178
鹧鸪天·勃兰特……179
南乡子·读西贝柳斯传……179
减字木兰花·首届诗歌节感赋……180
踏莎行·丁玲颂……180
踏莎行·弼时颂……180
踏莎行·汉寿诗协五周年……181
减字木兰花·甘肃河州东乡族赞……181
忆江南·忻州赞（五首）……182
减字木兰花·乾隆酒赞……183
减字减兰花·白石道人850诞辰……183
减字木兰花·孟州韩祠……184
踏莎行·龙溪诗会口占……184
水调歌头·《难老泉声》改版喜赋……184
减字木兰花·《中华诗词》出刊百期……185
南乡子·黄兴颂……185
虞美人·安乡诗词学会成立……185
虞美人·奉题《倚声次韵集》……186
临江仙·重游洞庭……186
水调歌头·海峡两岸诗家游永定土楼……186
减字木兰花·永嘉山中赠友……187
鹊踏枝·步草莱教授韵……187
又和·参加作协联欢有感……187
附 草莱原唱……188
临江仙·东海洞头岛眺远……188
南乡子·芬兰圣诞老人……188

踏莎行·陪沈鹏、刘征诸老阳朔观刘三姐印象演出……189
太常引·戊子中秋陪马凯、沈鹏诸公雅集口占…………189
减字木兰花·陪岳琦诸公游天池……………………………189
减字木兰花·己丑元宵贺福有………………………………190
减字木兰花·开远米轨通车百年赞…………………………190
千秋岁·悼孙轶老，用少游韵………………………………190
减字减兰花·得福有佳章，三叠为报………………………191
减字木兰花·游平谷溶洞天书………………………………191
水调歌头·开远南洞行………………………………………191
水调歌头·六十国庆放歌……………………………………192
最高楼·袁隆平赞……………………………………………192
最高楼·钟南山赞……………………………………………192
莺啼序·《全宋词评注》杀青感赋…………………………193
浣溪沙·新年喜雪，有怀栋恒将军…………………………194
喝火令·汩江旧忆……………………………………………194
鹧鸪天·回乡吟………………………………………………194
临江仙·黄姚行………………………………………………195
忆远人·梦游天台（自度曲）………………………………195
八声甘州·为曲江丝路诗会作………………………………195
减字木兰花·赠思明…………………………………………196
水调歌头·中秋登庐山………………………………………196
八声甘州·祖国颂……………………………………………196

附篇 赋

雁栖湖会都赋 ·· 199
鲲鹏赋
　　——运20礼赞 ······································· 203

附录 诗论

屈原的首丘情结及屈氏封地考略 ······················ 207
　　（一） ·· 207
　　（二） ·· 209
　　（三） ·· 212
　　（四） ·· 214
高力士与李白 ··· 216
　　（一） ·· 216
　　（二） ·· 219
　　（三） ·· 222
古体诗新生命论 ·· 227
　　百年浮沉录 ··· 227
　　打不死的神蛇 ·· 229
　　生面话诗坛 ··· 232
后　记 ·· 241
再版后记 ··· 242

上篇 诗

大通江泅渡

击水扬波兴自豪,任它雨急与涛高。
阿郎家在江南岸,惯弄钱塘百尺潮。

1953年作于朝鲜

中秋京郊步月

联袂前行不计程,穿林越坎更风情。
光明一片当头起,好策骅骝取远征。

1956年

读报有感

昔日群言夸典雅,而今吾欲溺儒冠。
科头跣足畲田去,可染灵台一寸丹?

1965年

生日有感

锦瑟华年去似流,琅玕袖里又谁投?
空将报国书生泪,掷与天风一恸收。

长沙至衡山道中

朝发星沙暮祝融，连绵七十二高峰。
晨来待上千山顶，极目苍茫咏八风。

1968 年

有 忆

昆山顶上通灵玉，碧海波中照乘珠。
无论辉光与高洁，比君俱是不相如。

1970 年

玉 兰

高华不共杏争妍，谪下瑶台劫几千？
冰影肯教尘俗染，花开犹近碧山颠。

大觉寺纪游诗

花径和碧丈①

娱忧却向碧山行，花柳缤纷总动情。
百厄吟身三绝笔，文光长伴寿星明。

又

远望灵山古道斜，杏花十里尽蒸霞。
天风吹送狮峰顶，何处红尘是个家。

又

依样春光扑面来，闹红花影压重苔。
无家我似朱长史，且向山村醉一回。

【注】
① 张伯驹先生字丛碧。

辽 碑

一体尘埃等古今，空余碑塔纪前金。
湘皋应有茅椽在，出岫闲云是此心。

1972 年

题画诗（三首）

题四君子图

疏梅瘦竹间幽兰，一种清标秀可餐。
难得东篱霜信菊，也舒金蕊伴春寒。

题牡丹芳草图

姹紫嫣红满上林,落花飞絮渐春深。
蒨裙恰似青青草,地北天南总系心。

题芍药蜂蝶图

廿四番风去已空,独留婪尾殿芳丛。
蹁跹犹有痴情蝶,飞去飞来残蕊中。

1972 年

七夕和君坦丈

看花中酒一年年,又到西风雁叫天。
秋气渐生汀蓼外,吟怀每向白云边。
填桥已秃通灵鹊,面壁犹持无住禅。
瘦蝶凉萤皆自得,未须辛苦卜金钱。

七夕和晋斋翁①

莫把秋霖作泪痕，人天原自判仇恩。
佳期漫逐云流去，心契还同石永存。
忉利界中呈宝相，恒沙劫外识灵根。
应怜世上痴儿女，每为闲情却断魂。

【注】
① 孙正刚，号晋斋，天津词人。

1972 年

故宫赏牡丹和丛碧丈

闻道花开玉砌前，也携残酒送流年。
色酣粉面春魂媚，香浥檀心密意圆。
休遣游丝惊绮梦，从教飞絮舞琼筵。
凭栏我亦蹉跎久，每对东风总怅然。

1973 年

北首燕路有怀云章先辈

野鹤孤飞天一方，云程回首黯离肠。
两寻愧对陈公榻，三沐曾陪吏部堂。
去泰去骄歆硕德，式金式玉挹心香。
燕山楚水成遥想，从此南箕望鲁光。

1973 年

侯集留别廷章

道艺南阳别有贤，云山豹隐兀穷年。
曾陪清论骊黄外，好赴心期寤梦边。
深谊细寻明月夜，微言相索晓凉天。
千钧要保身珍重，待作方舟济大川。

1973 年

漓江纪游诗（四首）

兴坪夜泊

山如画幄两边开，江水柔蓝带郭回。
渔火数笼星月小，号歌一曲转清哀。

观莲处口号

行来不觉暑方张，蕉叶摇风送绿凉。
水泚山奇相映绝，莲花宛在渚中央。

伏波山

早从竹帛仰英名，徙倚江头想旆旌。
终古穿山遗烈在，奇云万迭见威棱。

别桂林

岩壑幽深百态奇，江流绀碧望中迷。
石林秀似青娥女，惹得游人尽忘归。

1973年

奉题萧斋牵牛花馆图①（二首）

林梅陶菊邵平瓜，千载纷纭惹叹嗟。
何似篱边长寂寂，萧然环堵野人家。

又

碧叶摇风引蔓长，和云伴月擢幽芳。
千花挹露成新酿，齐向先生奉寿觞。

【注】
① 萧斋：萧钟美丈人号。

1973年

别元洛（四首）

（一）

我住长安下，君家杜若洲。
南风动乡思，相问碧江头。

（二）

执手惊颜变，传杯话故丘。
阿蒙方一别，翎翮特丰稠。

（三）

昔别君苕秀，今逢树满花。
却惭泥曳尾，徒使鬓添华。

（四）

黯黯一挥手，云程又几千？
思君如此水，演漾小窗前。

1973 年

海滨杂咏（四首）

（一）

扰扰浮生电与沤，艰难渐白少年头。
凭谁一梦蓬莱路，消尽人间万种愁。

（二）

莫向飞花叹逝波，赏心乐事觅应多。
湖山万绿红成实，何减东风锦一窠。

（三）

漫说名场与利场，空余绮债欲谁偿？
庄生蝶与卢生枕，并入诗弦一作狂。

（四）

清风万斛荡埃尘，吹绽狂花烂漫春。
想得天香香彻骨，海滨醉倒朗吟人。

1976 年

山乡杂咏（四首）

水 库

新修石壁势参天，灯火湖山水共烟。
到此未应愁夜月，明珠百琲映波圆。

雨 后

雨脚初收虹影圆，夕阳坞水响溪田。
开窗好放闲云入，替酿诗情到梦边。

清 溪

绝爱山居幽兴赊，氛埃不染一些些。
前村几曲清泠水，流过蔬畦又浣花。

书 帷

书帷静掩路三叉，月子弯环上碧纱。
一枕清风凉入梦，身骑蝴蝶到荷花。

1976 年

大治颂和谷城丈

划除鬼女罢胡旋,雨布雷行庆有年。
击壤喜倾丰岁酒,舞韶齐颂太和天。
垂空巨翮看鹏壮,映日红旗似火燃。
一德一心臻大治,诗翁雅韵喜连延。

1976 年

玉言翁六十初度寿词①

拱默应能运八风,欣然斗室霭春融。
学深今古玄黄外,思入人天混沌中。
迷雾廓清朝日丽,鸿编琢就夜灯红。
万年枝上珠辉月,无尽韶光属寿翁。

【注】
① 周汝昌,字玉言,红学家。

沈本千先生惠画作此报谢

翁翁笔有神,得韵最清真。
五色焜煌轴,千花烂漫春。
月明诗作伴,芳景酒为邻。
一棹西湖上,风流自在人。

今吾有域外之行，赋此为别①

北海雍容荀令香，廿年投分意偏长。
相呴涸辙情弥厚，抱膝寒斋业久荒。
何必龙鳞知变化，从来鱼鸟解潜翔。
天涯依旧多风雨，珍重阴晴早晚凉。

【注】
① 李今字今吾，香港中文大学教师。

1978 年

零陵道中

吾楚极南境，江山此郁苍。
云深虞舜墓，锦烂屈骚章。
柳笔龙蛇健，蕉书日月长①。
瞻依何限意，九面绕衡湘。

【注】
① 蕉书：怀素居零陵绿天庵，以蕉叶作书，尤工狂草。

1981 年

壬戌暮春诸同学招游颐和园，怅触前尘慨然成咏

湖山佳处趁幽寻，上苑芳林绿已深。
唯有藤萝花似雪，小栏春雨助清吟。

薰风吹皱碧琉璃，七里平湖入望迷。
夹岸柳丝青婀娜，亭亭犹舞旧腰肢。

长廊迤逦美难收，多少青年作对游。
珍重韶华金不换，东风橐笔向兰舟。

陌上花开缓缓回，夕阳红紫幻奇瑰。
青山未老仙溪远，烛泪春心只费才。

1982 年

登黄山天都峰

天半云门路，烟霞拂面生。
一筇随俯仰，万壑任纵横。
泉石有奇趣，松篁余逸情。
撷芳心意在，绝顶试攀行。

1982 年

柬洞庭诗社诸吟友

箫鼓重阳近，秋风意若何？
云帆接天远，鸣珮到楼多。
诗浪连江海，心兵斗戟戈。
时清传盛事，南望斗星罗。

1982 年

敦煌石室抒怀

万里炎天载笔行，沙洲翰海意纵横。
祁连翠色来天地，绝域孤烟想旆旌。
一笛关山空故垒，数行残柳寄余情[①]。
莫高窟与渥洼月，弹入诗弦凛有声。

【注】
① 左宗棠入疆，沿途植柳，今玉门关一带尚有存者。

1982 年

南行草（五首）

一九八三年初冬，到合肥、南京赴沪渎参加诗词讨论会。故地重游，悲愉交并。爰赋短章，以写我怀。

（一）

长车一夜过千关，莽莽中原掉臂还。
好水好山看不足，葱茏佳气满江南。

（二）

依旧星辰似昔时，清光端为破迷疑。
江潮滚滚连东海，流入心弦化小诗。

（三）

侧帽轻游廿载前，重寻故地转凄然。
当时吟侣知谁健，目断飞鸿夕照边。

（四）

海东云起郁崔巍，百丈骚坛卓大旗。
万派千流奔巨壑，喜看长翮破天飞。

（五）

辽鹤归来径已迷，白门信宿我然疑。
大中桥畔人如蚁，谁识当年跋浪儿。

1983 年

岳阳楼

高楼雄峙洞庭旁，无际沧波接浑茫。
西峡江声通海甸，东岩日照满潇湘。
千舟竞发云帆饱，四派安流气象长。
诗思欲同天共阔，春风万里稻花香。

1984 年

凤凰访沈从文、黄永玉旧居

清江依旧碧如莹，人散墟场满笑声。
一角边城惊四海，文坛画苑两星明。

1985 年

村居即事

言别乡园久，重来一辗然。
人酣丰岁酒，日丽太和天。

又

云壑足真赏,青山多醴泉。
平湖凝望处,笑语满前川。

1985 年

岭南诗草

元日自京飞穗,时正大雪搓棉。

朔云飞雪伴骖鹏,万里南天半日程。
拂面海风花气暖,如潮灯火下羊城。

1986 年

星湖天柱峰眺远

纳履登峰顶上头,星岩胜概望中收。
湖涵山影天风起,缥缈如同汗漫游。

羊城观梅

来去羊城小作期,联章把盏未知疲。
倾心别有冰魂在,独对疏花难自持。

王季老

德艺真成一代尊,敢将布鼓叩雷门?
手栽桃李花千树,绕座春风淑气暄。

华钟老

湖海声名六十年,盘空硬语众争传。
骚坛应有回天手,扫尽阴霾日色鲜。

吴匋老

乐苑名师夙所钦,江干一老有奇音。
台城柳色西江月,好供先生浩荡吟。

苏渊老

龙湫瀑界青山色,谢馆风生草木香。
彩笔一支春不老,朝朝醉墨洒淋浪。

洛中草（五首）

（一）

飙轮挟梦到黄河，汉塞秦关掉臂过。
传语洛中诸俊彦，我来要醉牡丹窠。

（二）

牡丹香国久闻名，未到王城意已倾。
彩笔不嫌毫秃尽，要图绝艳到神京。

（三）

东风骀荡欲成狂，吹绽千红共万黄。
歌舞满园人鼎沸，洛城无价是春光。

（四）

花光更比彩霞妍，谁种天香曲水边。
直欲移家来洛浦，一生长作地行仙。

（五）

嵩山岳岳北山长，伊阙龙门更郁苍。
游遍洛中三月暮，尽收春色入诗囊。

1986 年

有怀星沙故人（四首）

（一）

寒风吹雪意凄其，况是离鸿惜别时。
南望洞庭波浪阔，半规凉月印心期。

（二）

山村水郭画图开，橘绿橙黄锦作堆。
七十二峰青未了，云帆片片逐江来。

（三）

星沙自古风流地，屈贾文章李杜诗。
北海雍容怀素逸，拔奇谁是射雕儿。

（四）

祝融一柱撑南服，万壑云烟气象殊。
磨镜台边古银杏，别来倘忆故人无？

1987 年

南岳放歌（四首）

登祝融峰顶

泉声伴我向高峰，云灭云生一望中。
抖落京尘苏瘦骨，祝融岩顶对天风。

南台寺

南台古木自森森，曹洞宗风薄海钦。
谁会西来祖师意，水流花放啭鸣禽。

麻姑仙境

当门一瀑半天悬，石秀山奇万绿繁。
此即人间真福地，未须辛苦觅桃源。

懒残岩

邺侯旧迹久抛荒，老衲蒲团亦渺茫。
千载懒残岩畔立，劫灰无改芋头香。

1988 年

武夷吟草

陪千帆丈九曲放筏口号

礼罢衡云到武夷，猊奔鹰峙势雄奇。
难忘飞筏琉璃水，载得诗人朗咏归。

流香涧

一径通幽转愈奇，撑天万木绿成围。
杜鹃红映流香涧，蝴蝶双双扑面飞。

天游山

名山艳说有天游，沐雨登临意迥幽。
飞瀑千寻云潆潆，乾坤间气一亭收。

登天游峰次厚示兄韵

似饮醇醪欲醉时，溪山触目尽成诗。
盛游处处成佳诣，如此风光恨到迟。

1988 年

雨中抵重庆,灯火满山,欣然有作

一片云头万里长,雨丝风细过涪江。
山城灯火如星烂,引得诗情欲放狂。

1988 年

山城雨中习静

桂子花开香满庭,小园葱绿足幽清。
上堂了却公家事,趺坐南窗听雨声。

1988 年

"何处难忘酒"效乐天(二首)

(一)

何处难忘酒,巴山独旅时。
湿云迷户牖,蛰唱冷阶墀。
雁影绳天杳,吟魂役梦飞。
此时无一盏,谁为豁双眉。

（二）

何处难忘酒，天涯遇故知。
眼青心自洽，语契榻频移。
抵掌论今古，寻幽任险夷。
此时无一盏，应愧作男儿。

1988 年

有怀张作斌诗翁

我居北海公南海，万里相望两秃翁。
吐语别深冰雪操，随场肯逐马牛风？
莽原射虎心犹壮，小苑莳花兴不匆。
日浴咸池光耿耿，好将余烈映天红。

1989 年

奉和澍兄枉顾寒斋长句，兼简王镛、陈平诸诗友

何幸高轩得得来，蜗居顿觉暖春回。
扶轮大雅心犹勇，乞米长安志未灰。
觅句漫拈须数茎，畅怀要饮酒千杯。
画家词客联翩下，青眼今真奕奕开。

1989 年

极目阁抒怀

黄河万里卷涛来，势挟惊雷亦壮哉。
纵目川原堆锦绣，春风扶我上高台。

1989 年

吊耀邦同志

多少河殇与国殇，百年回首叹沧桑。
鱼鳖龙蛇同一哄， 凭谁只手挽澜狂。

1989 年

读《洛神赋》，用辘轳体

人间痴梦几时醒，作茧春蚕只自扃。
带眼三年消瘦尽，冰蟾桂魄总无情。

枉负词坛顾曲名，人间痴梦几时醒。
小姑山与彭郎屿，本是千寻石叠成。

苦雨狂风颠到晓，流水落花春过了。
人间痴梦几时醒，长恨此身徒扰扰。

朝云暮雨本难凭,空说天荒地老情。
废尽陈王才八斗,人间痴梦几时醒。

1990 年

赠文学院诸同学

镂叶雕花未必工,难凭蠡管测鸿蒙。
天机衮衮原无住,世路悠悠应有通。
真识倘能参活法,死蛇犹可化生龙。
高情远韵恢奇句,象外搜来是大雄。

1991 年

山中书感(二首)

(一)

小旅渝州日已赊,黉门清景也堪夸。
如茵草地如尘雨,鸟语书香伴酽茶。

(二)

莘莘学子尽乌衣,夜半书声到耳迷。
此是吾侪真乐事,笑他万辈市朝儿。

1991 年

粤行草

壬申秋杪，赴清远评诗，于京广道中得句。

湖湘鱼稻负尝新，藤杖芒鞋久未亲。
莫恼山灵嗔俗客，沉沉夜色走飙轮。

1992年

同评委诸公游飞来寺口占

（一）

飞霞山上飞来寺，古木千章碧翠涵。
一脉曹溪真法乳，灵光夜夜耀天南。

（二）

峡江江水碧如染，画舸游人焕若仙。
支枕小窗容啸傲，从教飞浪打船舷。

（三）

东坡老子经行处，秋气挹人天与高。
好共山灵留后约，一弓江畔待诛茅。

（四）

京门乞米卅年余，浣尽缁衣蠹尽书。
收拾诗囊来岭峤，一竿长作钓鱼徒。

1992 年

壬申元旦立春书感

香界金猴献瑞来，元辰恰恰与春偕。
东风泱莽生机畅，青史辉煌大道开。
禹服九州弘改革，词林百派涌琼瑰。
银屏处处欣歌舞，响揭云天乐未涯。

1992 年

谋场以熊鉴见怀之作相示，兼命同作

菊花偏不怯秋霜，荷叶西风斗嫩凉。
莸臭兰馨终异数，鹤长凫短岂同方。
萦怀有梦来山海，琢句如神接宋唐。
我亦飘蓬天极北，每凭雁阵忆江乡。

1992 年

咏案头水仙

玛瑙为根玉作胎,一龛供养有寒梅。
冰姿未许蜂衙闹,高格偏宜夜月陪。
应共诗家消落寞,好添杯酒长崔嵬。
人声渐定炉烟直,动我孤吟意不灰。

1992 年

将有湘桂之行,因赋

造化于人亦太悭,薵腾又近夕阳天。
传经献赋成虚诺,剩向烟霞续旧缘。

又

鸿雁声声木叶红,秋山日夕有佳容。
乡关渺渺烟波里,竹笕流泉到梦中。

1992 年

家英先生出示新作，走笔赓和

临水登山意兴张，诗家词客喜成行。
十年重踏潇湘路，人自峥嵘物自芳。

一日轻车路几程？万山圈里放歌行。
回龙塔下清泠水，暮暮朝朝总系情。

草唤花催便是诗，诚斋一语耐人思。
心源倘可无拘碍，妙手随缘自得之。

诗兴何如酒兴浓，蓼花浅水觅前踪。
难忘细雨重阳夜，别浦渔灯一点红。

1992 年

题《摄影天地》

江山开异彩，人物写峥嵘。
象外觅真趣，凌风燕羽轻。

1992 年

谢江树峰老赐书敬呈一律

人生七十小儿郎，妙句能教口颊香。
才擅诗书棋画美，学综中外古今长。
铮铮硬语盘空出，煦煦春温绕室芳。
数载追陪情不尽，一尊恭祝寿而康。

1992 年

戴肩先生置酒京门谨赋长句

春风杯盏结殷勤，儒将声名四海闻。
磨盾三军传羽檄，横刀一马夺昆仑。
受降城上威仪壮，学海潮中德望尊。
万里归来容啸傲，蟠胸奇气欲成云。

1992 年

贺千帆丈八秩椿寿

南服英灵气独钟，湖山杖策意雍容。
学深今古玄黄外，道契人天混沌中。
稿压牛腰奔籍湜，诗吟鹏背化鱼龙。
宫墙瞻望燃藜火，无限春光属寿翁。

1993 年

有 感

一生无梦到琼台，故纸堆中任活埋。
苦忆竹林狂阮籍，不遭人妒是庸才。

1993 年

陕行草

燕云秦雾三千里，此际真成列御行。
鹏背九霄迎丽日，春风浩荡下唐城。

汉中自古兴王地，虎掷龙骧气象雄。
一角南湖涵万绿，无家门巷不春风。

三朝南郑小栖留，如画湖山恣快游。
多谢主人珍重意，诗心长系古梁州。

陵寝依然枕渭流，秦家霸业也千秋。
谁知万驷排兵阵，只供游人一豁眸。

1993 年

别刘生

出林雏凤试云程，彩翼翩翩照影清。
难忘霏霏春雨夜，一杯香茗话诗情。

1993 年

合州钓鱼城怀古

血雨腥风忆昔年，河山无处不狼烟。
孤城百战摧强敌，撑起神州半壁天。

三十六年抗元史，气吞欧亚此城豪。
英风烈概铭千古。极目江天涌壮潮。

1993 年

毛泽东诗词研讨会作

大略宏猷万世雄，更能文采冠寰中。
沼吴霸越等闲耳，旷古无双毛泽东。

学通今古际天人，浚发心源日日新。
马上词章枕边句，依然光焰压星辰。

1993 年

南郑怀放翁

亘古男儿一放翁，山南射虎意何雄。
琼琚万斛随风落，千载文光壮汉中。

1993 年

南郑即景

青林红树一湖秋，南郑风华美欲流。
塔影参差涵碧水，桂花香逐小渔舟。

入目溪山景色奇，格兼豪婉最心迷。
楼台罨画秋波里，正是诗人试笔时。

1993 年

甲戌春节怀谷城丈

沪滨大老得天赐，绿玉莹莹炯两眸。
上寿定连三世纪，高名早遍五洋洲。
文章学苑谁堪敌，福泽湖湘古罕俦。
遥望海东光耿耿，卿云长护泰安楼。

1994 年

有感

窥窗小月媚于人，滴粉搓酥未足珍。
振笔要能关世运，随波毕竟是凡鳞。
源泉混混从疏凿，浩气磐磐有屈伸。
一梦华胥新觉后，乘风鼓枻过迷津。

1994 年

奉和林恭祖先生仙豀楼落成六律

先豀楼阁似天梯，欲与云霓试比齐。
揽月好支麟角杖，餐霞还伴碧城鸡。
填胸灵气来江海，下笔文光灿象犀。
遥望闽南霞似绮，梦魂长绕绿杨堤。

八闽才彦尽南金，海雨天风动雅吟。
咳唾珠玑光五色，开张骨力峻千岑。
雍时乐事超前古，流水高山契素心。
四十年来乡国思，庾郎诗赋妙当今。

芜句难为大雅酬，元龙百尺仰高楼。
天心缈缈同流水，世路悠悠付酒筹。
花扑春溪寻旧梦，影随鸥翼到虚舟。
湘皋亦有茅衡在，何日陪君访故丘。

莫问仙乡与梦乡，当筵一笑意飞扬。
浅斟畸帽听金缕，击钵传芭醉羽觞。
顾曲周郎人向老，停云陶令菊犹香。
林家故事翻新典，十老堂前看鹤翔。

静对溪山便是仙，杂花野草有余妍。
流泉活活成清赏，高咏朗朗入雅篇。
朱夏荷花香度幌，阳春莺语巧如弦。
名流胜地多佳兴，况是风轻月在天。

论才最要是规模，诗道倾颓手自扶。
新阁嶙峋花满眼，清吟亢爽句成珠。
滋兰树蕙开三径，铄古镕今冶一炉。
何日移家向闽海，浊醪初熟隔篱呼。

1994 年

台南袁修文先生赠诗勖勉，依韵申谢

朵云来自海之东，斗室飘飘漾好风。
流水高山情浩渺，文章德业意昭融。
墨姿散逸林间鹤，诗格沉雄雨后虹。
揽蕙美人遥万里，何时把盏与君同。

1994 年

同厚示放筏泸溪，道中得句

游山况是得良朋，万里南来快一登。
古木龙蛇闷春色，杜鹃声里过清明。

泸溪溪水碧泠泠，夹岸群山百态生。
狮象龟猴影光怪，朗吟人在画中行。

仙人遗蜕水岩边，古洞真教别有天。
霞映明帘飞瀑雨，一行白鸟破青烟。

轻轻竹筏去如风，岚影天光入镜中。
四十里间声不断，歌娃渔唱伴诗翁。

1994 年

席间奉酬范教授

蠡湖一棹振高风，亚父居巢亦大雄。
千载巴陵传妙笔，又看俊鹘起江东。

1994 年

和人寿温泉诗韵，反其意而用之

泉水流今古，宁存入世心。
笑他骚楚客，一味说浮沉。

1994 年

杜甫二首次霍老

（一）

日夕孜孜事砚田，芸窗别是一方天。
好倾心力师前辈，敢望文章动后贤。
曳裾侯门嗤俗子，支颐斗室听高眠。
杜陵遗集如山重，字字寒光万古传。

（二）

炎黄一脉挺灵芽，焜耀三唐有异霞。
穆穆元音清庙瑟，蓬蓬生气雨天花。
斯民忧乐心中事，故国山河梦里家。
今日北来瞻圣地，平畴万顷绣中华。

1994 年

从化天湖道中和厚示

喜伴诗朋画侣,何妨席帽牛衣。
容我放声高咏,惊飞白鸟清溪。

1994 年

以仁教授台海寄诗述及上海词会嘤鸣之乐,诵读欣然,谨步元玉奉酬一律

海上风来物候新,申江烟雨酿娇春。
班香宋艳无南北,雌伏雄飞有贱珍。
猎古每怀长揖客,耽诗喜遇素心人。
家山何日同游赏,梦里谁分主与宾。

1995 年

江心寺口号

孤屿江心寺,潮声演法音。
天香飘鹿苑,梵唱起珠林。
道向静中契,诗从花外寻。
竹风送清磬,相与涤尘襟。

1995 年

《当代诗词》十周年有感

海峤明珠久擅名，吟场夺席羡奇兵。
勇排险巇开生面，力逐淫哇近正声。
刺佞有心探虎穴，攀天无梦到瑶京。
罪言谠议由评说，屈贾辉光照卷清。

又

万里鹏抟起大风，图南应破浪重重。
舆情自古关兴废，庙略因时有塞通。
变法我思王扣虱，好名谁是叶雕龙。
春雷滚滚惊环海，共建安时济世功。

1995 年

寻梦和以仁兄韵

儿时旧梦又轻回，曲径迤逦向小台。
布谷声声鸠唤雨，满庭栀子正花开。

1995 年

七律赠以仁先生用陈伯元教授韵

芙蓉何啻有芳馨，翠盖亭亭入眼青。
稽古文章能照世，出尘襟抱自通灵。
胜流岛上纷车骑，野客篱边守瓮瓶。
寄语天涯垫巾客，哦诗可许老龙听。

1995 年

次熊鉴赠朱帆韵

洞庭狂客例多骚，激浊扬清格自高。
唯楚有材君不忝，以心为役我虚劳。
能教妙句传中夏，绝胜腰金缀彼曹。
梦逐翩翩南去鹤，羊城老子有香醪。

1995 年

又拈"乞"字一首

天孙神巧谁能乞，禅门棒喝难言说。
影珠楼内坐枯蒲，泯却尘心吞却舌。

1995 年

燕化颂

燕山东走势纵横,千回百折青冥冥。
英雄十万奋神勇,开山劈地营新城。
盘盘困困四十里,嵯峨厂厦何峥嵘。
塔台高耸摩日月,管道萦纡迷双睛。
吞吐地髓岩浆汁,丹炉九转光融融。
清如沆瀣凝元气,绚似朝霞辉长空。
年年税利甲京国,兴邦富国功无穷。
伟矣哉!欣逢建厂二十载,高歌一曲倾金钟。
声蜚欧美亚非拉,奇迹再创登新峰。

1995 年

与诗友拈句得虚字(二首)

(一)

六十齐头志不虚,长安乞米一寒儒。
高楼夜夜灯为伴,快读平生未见书。

(二)

弘才积学要心虚,徒步何须出有车。
七尺龙须风一榻,神游八极意如如。

1995 年

玉渊潭泛舟口占

玉渊潭里水云凉，击榜平湖意兴长。
高柳数行尘不到，漫哦诗句向残阳。

1995 年

登郑成功纪念馆后楼眺望金门有感

千秋恤祀有层台，望里金门玉作堆。
照海奇云光万丈，中华雄魄岂沉埋。

1995 年

和汝昌翁五补芹句韵

少年一事便能狂，老桂凌霜更有香。
献玉不辞三刖足，寻章甘索九回肠。
清谈历历追前古，小酌悠悠对晚芳。
白傅诗灵应喜甚，定教蛮素鬼排场。

1995 年

和六补芹句韵

曹侯才调蕙兰香,咳唾珠玑韵自琅。
过眼兴亡归妙笔,填胸哀乐拟冬郎。
入窗明月三浮盏,快意风帆九绕湘。
白傅诗灵应喜甚,定教蛮素鬼排场。

1995 年

和七补之作

浮生世态总无常,瞥眼繁华换热凉。
月下乌方三匝树,梦中人早九回肠。
云峰石隐干霄气,万卷文成彻骨芳。
白傅诗灵应喜甚,定教蛮素鬼排场。

1995 年

咏史诗

张 衡

量天步地最奇才，学究洪荒混沌开。
千古神光垂独识，四愁歌罢转清哀。

蔺相如

书生一怒九垓惊，睨柱真能慑暴嬴。
难得回车敬廉颇，丹心直与日争明。

徐霞客

独寻灵宅探河源，三十年间百险谙。
地秘天心恣搜讨，先生亘古一奇男。

马寅初

抗日争传斥蒋声，衰年谋国吐精诚。
雷轰电击浑闲事，耿耿长天一巨星。

张骞

绝域孤征第一人，张侯志业最嶙峋。
凿空西海联欧亚，文化花开万里春。

刘解忧

矫矫名娃志独奇，和亲远届海天西。
冰河大漠烽烟净，帝子英名万古垂。

欧阳修

岳岳文宗举世崇，秉钧直节意雍容。
百川独障归东海，造士都成一代雄。

赵抃

直以立朝宽御下，先生铁面有慈心。
一琴一鹤江边路，赵四阿郎随意寻。

顾炎武

沧海横流劫火飞，摩天万仞一峰巍。
风霜节概千钧笔，扫尽陈言生面开。

龚自珍

王霸蟠胸气不平,吹箫说剑有奇情,
新开文运光华夏,三百年来最壮声。

蔡 锷

洪宪登场国脉穷,亡秦三户仗元戎,
共和再造扁舟去,智勇双全旷世雄。

1995 年

万亩石榴园

兰陵烟水孟尝贤,清想迢迢到梦边,
别有人间佳绝处,红云万亩石榴园。

1996 年

煤矿巡礼

(一)

乞火徒闻到九天①,何如众力宝山穿。
井间灯似星河烂,掀得乌金卷巨澜。

【注】
① 希腊神话：普罗米修斯曾上天乞火,以济众生。

(二)

两鬓烟尘一寸丹,穿岩穴地未知艰。
许身已拼青春血,换得光明照大千。

1996 年

赠尚威、金英表兄嫂

诗是君家事,琅玕玉笋班。
歌吟动金石,徙倚对云山。
庭砌芝兰秀,天涯桃李繁。
清芬传世德,佳话满湘沅。

1996 年

赠 人

（一）

一树梅花相对清，刘郎向老亦关情。
颠风猛雨浑闲事，留取春英入画屏。

（二）

斯文掷笔付谁刊，扑面西风灼鬓斑。
万里归来余落落，人天难得是心安。

1996 年

天堂寺渠首

山光四面荡晴岚，古寺凌虚万绿参。
此是天堂佳绝处，银潢一派恣幽探。

1996 年

光明峡倒虹吸工程

牵得银河下翠微，穿崖过岭势如飞。
低昂更越千寻涧，雨洒周天绿四围。

1996 年

鲁土司衙

　　鲁土司为蒙古王族，历明入清，相承二十余代，世为土司。屏障西陲，不为无功。民国废土司，改任团防长官。其末代土司，1951年被整肃，遂绝。堂庑雄伟，亚于王者，旁有妙音寺，气象宏大。庭前檀香树，枝干扶疏，数百年老物，为余平生所仅见。

祁连山下连城堡，屏卫西藩孰敢侵。
五百年来华阀地，堂庑空阒意萧森。

1996年

雨中同鲁言游皋兰山

从化联吟月满窗，三年口颊尚余香。
西来同上皋兰顶，豪雨天风气韵长。

1996年

大漠乘驼

家住江南惯弄潮，冰河铁马梦中遥。
何期沙海秋风里，揽辔高驼兴自豪。

1996年

黄河放筏

浑浑长河浪涌沙,风掀雷撼浩无涯。
中流一棹羊皮筏,疑到支机织女家。

1996 年

宁夏采风录(六首)

沙坡头放歌

贺兰山色莽苍苍,大漠长河拥朔方。
独立坡头一吟望,绿洲无际野花香。

又

滚滚黄河日夕侵,治沙人战大河滨。
卅年血汗浇新绿,千里平畴寸寸金。

银川印象

大野高城气自雄,琼楼座座欲凌空。
秦渠汉堑无穷碧,塞上明珠报岁丰。

沙湖即目

浩莽沙洲景绝奇，碧波轻漾画船移。
翩跹白鸟连天苇，队队渔郎负网归。

西夏王陵

拓拔雄图久已残，空余坯土向荒山。
千卤高篆销兵气，匝地欢歌绕贺兰。

留别中吟兄

去来十日共行吟，沙海苍山气谊深。
拾得贺兰贞石在，白云明月证诗心。

1996 年

皖南吟（十一首）

安 庆

抖落京尘作远游，攀天击水兴悠悠。
迎江塔上长风起，豪雨惊雷助快讴。

渡 江

名士如今似鲫多,渡江心事竟如何?
毋须更觅生花笔,触处春光胜笑涡。

登天都

二十年来几度攀,拿云心事未全删。
天都峰上披襟立,听我高吟动四山。

赠画家林锴

石径参差上接天,林公翩似地行仙。
横担柳枥千峰顶,灵气蟠蟠一画禅。

赠马彦

白眉难得是君贤,辟路开山独领先。
日夜兼程风更雨,殷勤相伴万山巅。

黄山迎客松

世间无树可超君,坐断名山八百春。
拔地擎天干气象,神云古雪郁轮囷。

太平湖放舟

琅玕万顷碧泠泠，绕岸青山展绣屏。
莫向人夸洞庭好，湖云湖水最娉婷。

又

人间难得是清幽，云弄缠绵水弄柔。
修到太平湖畔住，一生应不羡瀛洲。

西递村古民居

四百年前胡氏村，众灵呵护至今存。
小园古井深深院，疑是桃源仙境门。

九华山

莲花九朵半天开，浩荡春江挟浪来。
捧日岩边一回首，千年苦忆谪仙才。

听 鹃

少年投笔戍三边，卅载京尘染鬓斑。
中夜江南听鹃语，乡情一缕已生烟。

1996 年

始信峰

纷呈万象尽为宾,石怪松奇百态新。
也是天公一糖担①,愈玲珑处愈精神。

【注】
① 王季重曾云:"(雁荡)是造物小儿糖担中物。"

1996 年

伟哉,邓公

华夏挺奇杰,伟哉我邓公。
两肩担国运,一气转鸿蒙。
磊落光今古,从容制虎龙。
参天仰大木,庇荫地西东。

又

遍翻千卷史,功德几人如?
百战开新纪,三迁励壮图。
狂澜凭抑挽,大纛仗匡扶。
何忍遽归去,悲声动九衢。

1997 年

深圳民俗村观演出

我与鹏城有夙缘，重来恰值艳阳天。
明珠照眼添新彩，大笔凌云展巨篇。
海上南风吹煦煦，台前舞步起翩翩。
相将梦入瑶池路，大醉名园不计年。

1997 年

香港回归感赋次玉言翁韵

盖世风华锦绣州，卿云千迭望中收。
骊珠焕彩花增艳，晶厦干霄镜自浮。
万井封疆还禹甸，百重史牒记良筹。
归来好共倾佳酿，大醉天安门上楼。

1997 年

二叠玉老州韵

南海波涛七宝州，木兰船上远帆收。
美人花下朱唇绽，吟客樽前绿蚁浮。
盛典双逢时有庆，奇才特出国多筹。
百年兵气荡然尽，红日蒸蒸满画楼。

1997 年

大连海滨杂咏

夜走飙轮迅若风,招朋载笔下辽东。
琼楼小立浑如梦,门对三山碧海中。

又

一串明珠落海隈,精光万丈现楼台。
是谁乞得人天巧,录尽华严妙境来。

又

穆穆清风淡淡云,楼台掩映海之滨。
蓬莱胜境烟霞窟,羡煞长安卖赋人。

又

绿水青山画不成,七贤岭上夜风轻。
崖边待唤骚魂起,万顷琼波看月升。

1997 年

次周策纵先生曹红诗韵

再世陈思未有伦，惊心绝艳笔如神。
沥干情海弥天恨，铸就文场刻骨真。
桑下漫空三宿恋，人间忍断百年因。
华章向晓吟无尽，暾日盘盘起野磷。

1997 年

九七国庆次汝昌先生韵

鹏翼抟空壮大千，宏开国运景光鲜。
巡天箭利声威远，探海台高油浪妍。
蔚起文明人共仰，腾飞经济史无前。
兆民协力歌新政，华夏升平亿万年。

1997 年

昆明研讨会留别诗友

邀朋万里续清游，好个春城桂子秋。
新厦摩天迷望眼，黄花映水趁吟舟。
湖山落落开生面，人物林林入胜流。
重访中华佳丽地，直教魂绕大观楼。

1997 年

黄果树短章

天星崿崿幻奇峰，黄果银潢泻碧空。
雷动千山虹七彩，人间伟观更谁雄。

1997 年

龙宫飞瀑

华夏数奇景，龙宫亦伟哉。
惊雷从地起，飞瀑挟涛来。
万马屯元气，千寻润绿岩。
凭栏一临眺，陡觉壮怀开。

1997 年

虎年元旦抒怀

虎挟风威振九垓，新潮滚滚破空来。
征程四化张云锦，淑气群山茁异材。
造海截江宏国运，航天探月展雄怀。
千年一遇升平世，把盏春台瑞色开。

1998 年

次燕祥诗兄新正赠诗韵

才子风华月上初,清光照几点银朱。
神游八表洪荒界,目睨千官走马图。
偶弄幺弦观逝雁,漫挥老笔付狂奴。
虎头又报春消息,敬为先生寿一觚。

1998 年

次汝昌先生开岁诗韵

绿杨芳草想诗邻,元白高情孰与伦。
季札陇丘迷宰木,西涯歌管剩荒门。
堂堂岁月随流水,渺渺思怀系梦魂。
长幸先生筋力健,吟坛顶上泛金樽。

1998 年

杜运燮诗老八十寿词

吾爱杜夫子,高名四海传。
清风盈两袖,妙语透中边。
淡泊以行志,从容而乐天。
夕晖无限美,把盏寿南山。

1998 年

潮州吟草（四首）

戊寅初夏应邀赴潮汕讲学。访古名山，览胜海澨，归琢小词，以志一时鸿爪。

俯眺潮汕，机上得句

追风蹑影四千里，朔北溟南指顾中。
巨舶嵯峨冲浪碧，新楼缥缈倚天红。
人文蔚起超前古，国步隆昌骋蛰龙。
放眼苏韩歌咏地，彩虹映彻亚之东。

赠铮浩

市隐而今有此君，一门恺悌比春温。
高情朗似韩江月，夜夜随潮到我心。

留别楚楠兼柬松元、子怡诸君

定庵而后无奇士，亚子于今少酒徒。
漏夜相呼子曾子，檠边斗句意何如。

别麒子

云水千重意万重，羡君笔力感君情。
莱芜海色桑浦月，一样清雄是性灵。

1998 年

新疆诗会短歌

甘新道中

莽莽昆仑远塞空，瑶池玄圃白云封。
西来我亦忘形甚，豪唱离骚向阆风。

石河子棉田

引得清流压乱沙，碛中春色美无涯。
人间第一英英绿，万顷棉铃欲放花。

天池遇雨

万里来寻王母池，云鬟雾鬓正当时。
撩人一剪秋波媚，待倩诗家替画眉。

1998 年

白山放歌

赴白山文化研讨会道中作

名山胜水久心仪,每望东云梦若飞。
抖落京尘黄扑面,来寻幽境绿成围。
玉峰高映琉璃水,白练虚笼翡翠崖。
竟与秋风完宿约,荡胸灵气化虹霓。

白山天池

好个天池水,猫睛美不如。
碧波通海穴,环岭接云衢。
一脉连银汉,三江走夏墟。
长风荡秋色,佳气满平湖。

白山大峡谷

地脉西南坼,滩声触岸来。
神工开幻境,大块孕奇瑰。
壁立千岩秀,风生万木哀。
两间谁赋手,掇取锦袍回。

1998 年

寿潘慎七十

七秩诗翁潘老子，桀骜倔强谁堪比。
平生不受世人怜，只手偏能女书美。
翰苑泥犁历地天，雄谈谑论成宫徵。
并州翘首意如飞，高祝期颐倾绿蚁。

1998 年

野草二十周年纪念

野草逢春发，天涯绿正浓。
神州昭万象，生面仗诗翁。

又

诗国导先路，萧姜卓大旗。
歌吟动九域，廿载振清辉。

1998 年

世纪颂诗赛开赛式作

神州生气百年回，巨舸冲波势若飞。
凤翥龙骧弘国步，诗家豪唱壮春雷。

1999 年

次汝昌翁世纪颂开赛诗韵

和璧归来耀九州,喜倾佳酿满金瓯。
旗升镜海掀新史,龙起沧江竞上游。
闾里丰登歌万迭,笙琶镗鞳舞千周。
人间谁似中华美,霓彩重重簇画楼。

1999 年

星沙喜晤焱森会长

卓荦英才世亦难,况兼气谊重于山。
三湘诗垒森如铁,拔帜凭君领将坛。

1999 年

喜会尚威、坦宾表兄席上作

珠山湄水郁奇光,焕作周刘翰墨香。
白首江楼拼一醉,欣看琼树已成行。

1999 年

武陵源口占

奇岩万笏碧参天，龙洞玲珑百态妍。
妙绝五洲神异地，我来直欲放诗颠。

1999 年

厚示、庆云嘉礼，次国正兄韵

桂子飘香送好风，蟾宫月映蜡灯红。
喻山即是蓬莱境，仙侣无双向晚逢。

1999 年

承德吟

平湖峰影

异境天开古夏宫，平湖青接磬锤峰。
俨然一角灵犀影，焕出诗家万丈虹。

烟雨楼观荷

烟雨楼前雨意浓，藕花无数斗香红。
何当办个蒲团地，戴笠披蓑听水声。

湖亭夜坐

入夜荷香气最淳，湖壖小憩静无音。
星潢照水寒生角，独觅苍茫太古心。

亭前观雨

烟云渺渺起平芜，曳白拖蓝意态殊。
到眼湖山青可掬，数声布谷递相呼。

1999 年

赠陈平画家

庞眉才调迥无伦，铁笔真堪领一军。
扫却凡庸出天骨，看君矫矫镂青云。

1999 年

深圳大亚湾（二首）

又向鹏城觅梦来，齐云楼阁画图开。
星桥火树连银汉，世纪新风激壮怀。

又

填海移山筑核城，巧偷天火放光明。
勇攀科技巅峰顶，大亚湾人铁打成。

1999 年

周庄诗草（四首）

（一）

三千里外瘦吟身，觅句寻春蚬水滨。
流水小桥春不老，淡烟微雨醉游人。

（二）

拂面东风细雨斜，玲珑楼馆小康家。
卅年重过吴江路，不向清波叹鬓华。

（三）

水国奇珍锦绣乡，冶红娇翠冠群芳。
阿谁绘得江南景，一叶扁舟出画堂。

（四）

草长莺飞寒食天，周庄风物绝清妍。
宛然世外桃源境，小立船头听管弦。

1999年

明湖诗社十周年作

历下人才著，明湖气象深。
齐烟飞九点，文采耀三春。
世纪开新页，宏图起巨鲲。
歌欤兼美刺，红旭满高坤。

李白杯诗赛作

世纪坛连白兆山，谪仙高咏古今传。
抡才我亦情飞动，伫看群星耀斗南。

2000年

奉题吴君诗词集

大气槃槃笔一枝，醉来挥洒墨淋漓。
何当更上蓬山顶，绘出人间创格奇。

2000年

赞开平（又名孔雀城）

孔雀屏开万象新，波光灯影醉游人。
诗家画侣情何限，同向潭江醉好春。

又

岭外名邦杜若洲，春波漾漾绕城流。
水晶宫里歌如沸，喜看云帆竞上游。

2000 年

南楼抗敌碉堡七烈士

南楼铁堡势堂堂，烈士于斯斗虎狼。
一角金瓯凭卫护，血花千古发奇香。

2000 年

雨中过西湖朝云墓

步绕西湖百感重，耳边犹响五更钟。
凄凉千古伤心处，燕子飞时花褪红。

2000 年

深圳诗词培训中心揭牌作

岭海钟奇地，南山育玉芝。
英华随日发，雨露逐风滋。
逸气追王骆，灵心映璧奎。
骚坛欣有待，雏凤向天飞。

2000年

读《岭海联吟庆新春》有感

碧玉潭边烂漫春，飞觞奏羽乐佳辰。
诗翁雅韵知多少，百斛明珠照眼新。

2000年

便江吟（四首）

（一）

千载新开第一春，湘南佳气满乾坤。
江波滚滚成宫徵，齐赞诗城百态新。

（二）

水晶湖上蜂房石，千步樟边白鹭乡。
并与烟云成妙绝，丹青难写是便江。

（三）

轻舟剪浪快追风，穆穆春山入画中。
四十里间歌不断，白头诗客气如虹。

（四）

旧梦重寻五十年，云山佳侠水清妍。
桃源莫更天边觅，乞我扁舟自在眠。

2000 年

展先人墓

月下松风开宿抱，怀中玉笛证前生。
影珠山色青如染，风木余哀泪自倾。

2000 年

谢世琪惠茶

雾溉云蒸敕木岑，灵芽片片得天心。
殷勤远寄卢沟北，顿觉春风满上林。

2000 年

西部大开发有感

中枢大号动春雷,万马腾骧势莫追。
扫尽崎岖出轮奂,弥天霞彩涌西陲。

2000 年

谢蔺君惠砚

君家姓氏惊天下,千载雄风凌太华。
妙手能开地秘心,雕成禹璧真无价。

2000 年

奉题玉芳诗老《夕香集》

楚骚苗裔武陵人,胸次能葆太古春。
扫却枯黄回绿茂,笔端栩栩有春温。

2000 年

白山吟草

　　庚辰秋，应旭红伉俪邀，同青子画家并内子、小儿谊暑延边海兰江畔鲜族山庄，上长白、观瀑布。民风古朴，景物幽奇，疑入羲皇之境。爰赋俚句，以志胜游。

延吉道中（十首）

（一）

骑鲸弄月愧无能，晞发天池梦略曾。
路转不咸鸡塞外①，岳桦林下听秋声。

（二）

灵山秀水海兰路，千古骚魂梦到无？
要借天风增骨力，为渠无尽写新图。

（三）

鱼皮筏子桦皮屋，何处当年古索伦②？
坡甸平畴铺锦绣，黄葵绿稻濯然新。

（四）

三千里外一诗囚，橐笔来寻海国秋。
照眼灯辉迷远近，恍疑云汉泛槎游。

（五）

鸡唱荒荒太古村，黄牯栗犊散溪滨。
当门一架葫芦老，秋气薰酣醉煞人。

（六）

东山月出亮晶晶，似水蟾光照影清。
到户凉风秋可掬，教人长唤"奈何"声③。

（七）

避嚣远向海山隅，画侣诗朋兴不孤。
了却半生眠食债，午余凉起啖山菇。

（八）

山云山雨去来频，孤起炊烟似梦痕。
趺坐南窗无一事，花前证取"遂初"心④。

（九）

溶溶月色漾秋林，习静中庭夜转深。
数点流萤随梦远，不知人世有浮沉。

（十）

登龙洞是水云根，合沓秋山蔟古村。
夜雨骤来溪路断，红尘隔却问津人。

【注】
① 不咸：《山海经》所言不咸山，地当今日之长白山。鸡塞：吉林之古称。
② 索伦：古之游牧民族，活动在黑龙江、吉林一带。
③ 奈何：桓子野每闻清歌，辄唤"奈何"。
④ 遂初心：退休归返田园。

2000 年

重游龙虎山（四首）

（一）

龙虎威狞象踏腾，禅师精舍窈然青。
三家胜境掌前看①，此是风光最亮星。

（二）

感君高谊羡君才②，每读清词见壮怀。
影逐秋鸿云水外，千山万壑叩关来。

（三）

天师府第瑞烟长，仙女岩前云锦张。
莫道泸溪水清浅，灵源一派自天潢。

（四）

中庭弄影觅双星，象鼻山头月正清。
如此秋光奈何夜，盈怀绮思向谁倾。

【注】
① 三家：儒、道、佛皆有胜迹在山中。
② 君：指东道诗人张炜。

2000年

弋阳圭峰（二首）

（一）

谁挥巨斧破混沌，削出奇峰星可扪。
狮虎龟蛇影光怪，淋漓元气满乾坤。

（二）

百里丹岩锦作窝，唐樟宋桂影婆娑。
清泉步步随芳草，珍重斜阳向晚多。

2000 年

聊城（二首）

（一）

寒凝大野晴方响，六合晶光似玉清。
要共霜雕竞雄爽，朔风吹雪下聊城。

（二）

罡风密雪莽苍苍，光岳楼头气势昂。
快我吟襟阔无际，银衢车阵接天长。

2000 年

辛巳春日武夷柳永讨论会口占

野绿娇红错杂陈，丹崖碧水更无伦。
屯田家法我能说：乱服蓬头绝代人。

又

彩云翔集岭之隈，衮衮诸公驾海来。
檀板红牙雷大使，江山胎孕柳郎才。

又

接笋云连茶洞风，天游飞瀑矫如龙。
山河两戒真无二，谁发清哦动九重。

又

淙淙石濑梦前游，竹筏滩声浪打头。
响彻众山佳句在，斯人不见怅生愁。

1988年春陪千帆翁游武夷，翁有句云：晓风残月依然，怅望千秋柳七。清音在耳，而诗翁已逝。

2001年

慰汝伦病中（二首）

潭州倾盖记初逢，怒目金刚有正声。
二十年来风雨共，五千里外梦魂同。
文如枪炮争民主，艺溯庄骚见性灵。
示疾维摩应起废，苍天不杀是诗星。

又

善病长卿近若何？金茎乞露起沉疴。
文能镇魅妖难匿，力可移山笔不磨。
海老明威战千劫，伦敦杰克慑群魔。
诗坛端赖扶轮手，日夜馨香祝太和。

2001 年

天台诗抄（四首）

（一）

佛国仙山最擅名，烟霞窟宅久牵情。
要当直上千峰顶，极目沧波看日升。

（二）

九域吟朋结队来，烟花时节访天台。
东南灵气连云起，付与诗家着意裁。

（三）

南来不计路千程，涉水攀山步履轻。
好去众香天界上，杜鹃花下放歌行。

（四）

名山妙笔传孙李，无缝天衣独茧成。
新世纪开新局面，谁家高唱遏云停。

2001 年

石梁飞瀑

石梁一道卧长空，争壑群蛟下碧峰。
十里雷声千丈练，人间仰首看霓虹。

2001 年

云锦杜鹃

谁染名山深浅红，花开百里醉香浓。
桫椤自是仙家种，占尽春光锦谷中。

2001 年

合肥行

美哉胜地古庐州，万顷园林万幢楼。
巧织人天新锦绣，江淮儿女最风流。

又

稻香楼接梅花苑，五月薰风昵煞人。
鹭起横塘鱼跋浪，谁家诗客不消魂。

2001 年

大连夜色

大连湾是巨龙湾，抱海环山极壮观。
最喜照天长不夜，骊珠光焰压星躔。

2001 年

赠本义兄

谁持彩笔开生面，黄渤鲸波涤砚来。
星斗撑肠见雄爽，百年难得此英才。

2001 年

越中吟草（八首）

（一）

谁剪云霓作越裳，江山寸寸有辉光。
南来我亦疏狂甚，赌醉征歌到海防。

（二）

六十年来哭与歌，南曹北斗竟如何？
子安去后无高咏，漫掷千金付翠娥。

（三）

渺渺沧波叠叠山，天开灵境下龙湾。
彩舟载梦秋光里，弹指蓬瀛侧帽看。

(四)

蠲诗止酒总空论,跋海骑鲸梦里身。
休向阇黎参色相,个中应有未招魂。

(五)

掷笔长空逐彩云,情驰海涘与天根。
乾坤摆荡开生面,喜向金秋作壮吟。

(六)

满船诗客尽轩眉,白浪奇峰扑面来。
直欲诛茅天一角,明窗处处对山开。

(七)

小亭湖畔领清幽,收拾光芒到此楼。
莫谓萧斋容膝地,曾惊雷雨震环球。

(八)

扑面千峰浪里青,海天波阔放歌行。
人生到此应无憾,一段难忘越国情。

2001 年

婺源鸳鸯湖吟稿（四首）

（一）

袅袅秋波绕碧山，茅亭竹坞隐云烟。
数声啼鸟初阳外，徙倚湖垣作地仙。

（二）

三千里外揽秋光，画友诗朋共举觞。
此是人间真乐事，鸳鸯湖上过重阳。

（三）

快我平生婺上行，餐霞饮露岛风清。
南窗趺坐浑如梦，熠熠星辰定里明。

（四）

羡君胆识爱君才，佳侠湖山手自开。
从此人寰添胜境，蓬瀛深处现楼台。

2001 年

西塞山（黄石矶）怀古

凿破鸿蒙是此江，中华元气最轩昂。
陶甄荆楚千秋史，鼓荡风雷百战场。
矿冶青铜光禹贡，珠探龙穴羡刘郎。
登临我亦情难遏，掷笔长空意慨慷。

2001 年

平海短歌（二首）

（一）

双月何时坠此湾[①]，金瓯整整玉连环。
阿谁借得如椽笔，绘出仙家海上山。

（二）

苍峦环抱白沙滩，远浪层层卷翠澜。
想得夜分星月下，巨鳌浮海势如山[②]。

【注】
① 用厚示兄句。
② 地为海龟保护区。

2002 年

赠云青砚师

渊雅江郎迥出群，龙山凿得石精魂。
点睛妙笔添毫手，羡煞京门顾曲人。

2001 年

丛园消夏录（八首）

（一）

万里来寻岭外村，吴郎才调最相亲。
天风海雨开襟抱，扫尽炎蒸笔有神。

（二）

千畦花木郁葱葱，鱼跃鸢飞漾好风。
何必更寻方外去，凉亭竹坞胜蓬瀛。

（三）

诗家画侣态轩昂，琢句挥毫翰墨香。
未许辋川称独胜，丛园文采接天长。

（四）

六十年来苦与辛，几多劫火与疑云。
一竿野水长林下，还我陶陶自在身。

（五）

诗家快意付吟厄，况是蕉香荔满枝。
羞向江郎争彩笔，骚魂觅得晓凉时。

（六）

故人话旧感温馨，月色迷朦海气清。
猛忆儿时瓜架下，夜凉如水数流萤。

（七）笔架山

三峰蔚起白云间，海气遥连瑞色鲜。
好供主人挥巨笔，文光照彻斗牛寒。

（八）松涛阁

百里驱车路屈蟠，华堂高耸彩云端。
天人第宅烟霞窟，四壁图书坐拥看。

2002 年

长平关怀古

太行千岭战云封，古塞长平天脊中。
记否当年龙虎斗？戈矛百万夜传烽。

2002 年

参观江石榴园

榴云万顷欲烧空，艳比村娃颊样红。
簇簇田园新意象，一齐吟入画图中。

2002 年

壶口月下放歌

娟娟秋月挂西峰，指顾东岩旭渐红。
掉臂金河奇险地，深宵豪唱向天风。

2002 年

华山短歌（四首）

（一）

泠泠真似御风行，扑面群山玉样清。
金锁关头回望处，万莲花放大光明。

（二）

美哉太华险而奇，鬼斧神工壮地维。
山水郁蒸龙虎气，雄风千古镇王畿。

（三）

秦关汉月久心倾，白岳连天更梦萦。
多谢渭南贤令尹①，万峰相伴赏秋晴。

（四）戏赠同游诸君子②

王侯文采著清标，杨柳风怀美欲飘。
自笑三家村学究，聱牙诘句首频搔。

【注】
① 渭南老书记王志伟君，安排此行，终始相伴。
② 同游五人：王志伟、侯孝琼、刘庆云、蔡厚示及余夫妇。刘蔡伉俪有《杨柳依依》诗集，故于句中及之。

2002 年

咏黄遵宪 （二首）

（一）

太平世必在民主①，石破天惊第一声。
历尽海桑余大喟，百年犹自望晨星。

（二）

四泽三湘灵杰地，丕开风气首黄公②。
时务一堂几龙虎，岳云终古颂丰功。

【注】
① "太平世必在民主"为黄遵宪日本书简语，实为晚清首倡民主之第一人。
② 黄遵宪后署理湖南按察使，推行新政，办时务学堂。蔡锷、章士钊等皆出其门。

2002 年

烟台行次明锵诗家韵（二首）

（一）

非云非雾亦非烟，梦路相寻到海边。
了却一生山水债，蓬莱阁上作神仙。

（二）

秦皇汉武去无踪，西子鸱夷亦蹈空。
好向芝罘寻胜迹，瀛洲明灭海涛中。

2002 年

为红豆诗赛作

劫灰不到是痴情，地火天雷未觉惊。
心血结成红豆子，要将恨海化光明。

2002 年

答许昌诗友

诗贵天然意贵新，情真律稳语通神。
个中三昧能参透，便是风骚国里人。

2002 年

题承武《秋韵集》

喜见诗坛张一军，李郎才调自嶙峋。
江山在在凭呵护，奏出云谣韶濩音。

2002 年

五泄吟（五首）

春日应诸暨诗友之约，畅游五泄，得句。

（一）

一泄斜铺万浪花，恍如西子浣轻纱。
更谁凿就双圆穴，应是乖龙谪后家。

（二）

二泄冲腾势转强，双蛟争壑气轩昂。
白虹下饮森森涧，雾雨云烟接混茫。

（三）

三泄喧豗百种姿，雄刚婀娜妙兼之。
雷隆电激云垂野，幻出人天一段奇。

（四）

四泄弯如力士弓，银鬃怒马快追风。
危崖百仞千重绿，泻出天河水一泓。

（五）

五泄摇山撼岳鸣，碧空万斛雪如倾。
中华气概真难二，揭地掀天震亚东。

2003年

癸未秋陪李锐、刘征、林锴老游漓江（二首）

（一）

云壑葱茏玉水流，又陪杖履踏高秋。
画船一舸西风里，吟过长榕古渡头。

（二）

清泠妙曼西江水，千古骚魂总梦萦。
试向瓮头乎白也，醉拈险韵酹山灵。

2003年

灵渠即兴（二首）

（一）

谁施巨手揽天河，分得灵渠万顷波。
粮秣千舱定南海，始皇功罪未宜苛。

（二）

瑟瑟秋风岭上来，篷樯络绎白云隈。
清波照影情何限，顾盼江山有霸才。

2003 年

秋日浏阳瞻仰谭嗣同故居

排闼阊门气慨慷，敢凭只手挽澜狂。
头颅一掷仰天笑，万叠奇云护莽苍。

2004 年

梦芙追和楚楠评诗长句，余亦继声

辽鹤重来有异姿，海山神采正当时。
凌云塔耸浑如笔，噀玉泉喷幻似诗。
波卧长虹龙起陆，联搜奇境酒盈卮。
抡材牝牡玄黄外，点也风流系我思。

2004 年

神农架谣

华中屋脊有神农，横空出世青蒙蒙。
颠连起伏几千里，矫若地脉蟠蛟龙。
朱夏招朋试腰脚，要与山魅争雌雄。
首探原始莽林薄，倒木如墙缠长藤。
藓苔满石枯干活，狞似熊罴咆西东。
绿色宝库生万物，燮理阴阳全天功。
继攀陡壁觅良药，惊起怪鸟号苍松。
或下幽谷撷芳草，流泉活活声淙淙。
上登绝顶骋远目，云凝雨霁呈圆虹。
佛光照彻天门垭，目迷五色红坪红。
深山大泽纷万象，野人踪迹金猴猃。
追光蹑影记神采，山鸣谷应回旋风。
探奇勇入暗溶洞，海燕千群飞轻盈。
咶哒咶哒响万窟，极品燕窝生当中。
候鸟翩翩留不返，恋此乐土长相从。
香溪源头亦伟观，百丈飞瀑飘银泷。
蛙声十里擂急鼓，晶柔水母桃花容。
神奇更有潮河水，一日三涨如朝宗。
人间美景真难二，何不散发游斯峰。
濯足清流濡老笔，浩歌一曲传情浓。

2004 年

白洋淀放歌（二首）

快我心真大放飞，鸢翔鱼跃绿波洄。
荷花十里连天苇，作队诗人朗咏归。

又

水晶宫殿焕奇光，万顷芙蕖竞彩妆。
一自英雄鏖战后，碧波千古永流香。

2004 年

黄山吟（三首）

（一）

涤尽京尘老布衣，秋风吹袂到屯溪。
长松怪石生花笔，伴我吟魂日夜飞。

（二）

灵岩触处便生云，锦谷霏烟入望新。
轻似鲛绡柔似梦，蛾眉画出美人魂。

（三）

如烟如雾自流行，活绿生香展巨屏。
爱煞夕晖回晚照，东崖西崦彩云横。

2005 年

乙酉湘中杂咏

平江谒杜甫墓（二首）

（一）

休言天意妒诗才，盖世文光永不埋。
试向小田望高冢，两间奇气似云来。

（二）

灵均而后杜陵翁，千古骚心一脉通。
打桨罗江濡彩笔，风雷脱手起蛟龙。

磐石洲泛舟

消受人间别样幽，一团碧玉水中浮。
岚光十里清江上，散淡真如不系舟。

白鹤洞寻踪

仰止高山白鹤飞,南仑段里绿成围。
百年未减松泉性,又踏秋光逐梦回。

2006 年

海峡诗会龙岩道中得句

架海来佳客,文场聚众星。
街衢雷鼓震,溪壑彩云横。
共补金瓯缺,长深骨肉情。
珠玑任挥洒,天地证诗盟。

2006 年

次鹏老元宵长句韵兼呈凯公伉俪

烟花雷动破清眠,高韵欣传锦绣篇。
袅袅和风蒸紫气,飘飘飞雪兆丰年。
超唐越汉煌千古,纬武经文策万全。
百族雍熙春不老,好凭吐哺纳箴言。

2006 年

王莽岭和扶疏诗家

重登王莽岭，佳气浩然来。
石态奇而活，溪声妙且才。
鬓毛颓欲尽，怀抱喜能开。
把盏秋风里，长歌亦快哉。

2006 年

丙戌清明陪马凯、沈鹏诸公大觉寺雅集

轻车结队向京西，玩赏春华景物怡。
玉蕊照天香馥郁，清泉漱地竹参差。
闹红弄影东风畅，击节寻诗妙思驰。
国士名流同济济，兰亭禊饮雅相宜。

2006 年

内蒙杂咏

车到集宁

敕勒高歌气不平，阴山铁骑古纵横。
和谐换尽硝烟色，一串明珠到集宁。

岱海泛舟

马头蛮汉莽苍苍,百里平湖玉镜光。
雪羽双双随画舸,塞垣风物似江乡。

草原驰马

海东青与渥洼马,猎猎鸣骹孰比雄[①]。
消尽兵戈现歌舞,诗情如火烛天红。

【注】
① 鸣骹:响箭。

2006 年

长兴茶乡吟

顾渚茶

琅玕千顷竹泉乡,孕出灵芽紫笋光。
个是水仙魂一缕,流风清韵溯前唐。

金沙泉

金沙汩汩漾甘泉,灵液分香到紫尖。
动我诗情如野鹤,中宵清唳太湖边。

紫砂壶

茗中绝品诗家梦,古色奇香焕紫砂。
独立高斋发孤咏,云腴一握试新茶。

2007 年

丁亥中秋登岳阳楼

日月重辉际,湖山浩荡秋。
新风融古韵,万岁岳阳楼。

又

文运中华壮,灵源一脉长。
三才兼万象,举目望湖湘。

2007 年

九寨沟即兴(三首)

(一)

神州处处宜高咏,夤夜驱车黄土梁。
凛凛天风吹瘦骨,雪山顶上作重阳。

（二）

九寨归来水莫言，珍珠万琲浪晶圆。
金镶玉裹五花海，掉臂龙宫作散仙。

（三）

中华生气百年回，绝域穷荒瑞色开。
唤起苏辛应不信，雪山深处现瑶台。

2007 年

戊子上元寿汝昌老九十椿寿（四首）

（一）

学贯三才第一流，神明独识目无牛。
龙蛇笔底波澜壮，檀板尊前角色柔。
梦解石头天可补，香分桂影月能修。
燃犀老子千秋寿，俯仰皋比最上楼。

（二） 次玉老倒叠韵再颂椿寿

梦向昆仑白玉楼，散花天使渺宜修。
蟠桃会上灵旗灿，瑶母池边倩影柔。
落笔文章接司马，寄情云汉叹牵牛。
东风又换人间世，浩浩春波自在流。

（三） 再叠"牛韵"以颂

七步才真屈宋流，涵关紫气属牵牛。
文雄海内神原健，道得环中气自柔。
卅载籍湜惭后进[1]，一灯能秀仰前修[2]。
上元佳气蓬蓬出，东望星辉满画楼。

【注】
[1] 籍湜：张籍、皇甫湜，皆韩愈学友。
[2] 能秀：慧能、神秀，禅宗五祖之大弟子。

（四）四叠再寿

德义人尊孺子牛，清芬遥接庾公楼。
掣鲸碧海千钧勇，献赋金门七宝修。
凿破鸿蒙天地朗，吟成珠玉古今流。
名儒国士真难匹，笔力能令霜气柔。

文按寿汝老诗，海内名公如松林、刘征、沈鹏诸老多有唱和，一时竞传，已编入《戊子吟俦唱和集》，兹引汝老答沈鹏先生一章例之，馀不一一。

2008 年

附 周汝昌先生答诗沈先生自南返京，即惠诗寿我。高唱美句，感愧交并，仍叠韵以铭敝衷。

神欲如生韵欲流，万毫齐力讵关牛。
南游北运鲲能化，古篆今行翰擅柔。
诗法玉溪分逸品，书家北海继前修。
题名金榜叨荣寿，可许同陪五凤楼？

呼伦贝尔放歌

呼伦印象

呼伦贝尔梦之城,云白天蓝水溜青。
千里草原风绉绿,平湖一串亮如星。

达赉湖次国仁兄韵

草原新沐千重绿,水镜宏张万象开。
携手湖垣一吟望,排山潮起送帆来。

满洲里即兴

换尽天东万古荒,琼楼虹彩舞霓裳。
山川灵气钟奇地,燃起熊熊北极光。

2008 年

吴江垂虹桥

苏张游履印湖垣[①],白石清歌满画船。
千古风流文脉在,断虹光焰尚冲天。

【注】
① 苏张:苏轼、张先,曾游于此。

2008 年

苏州寒山寺

庄严梵宇运河边，轧呃依稀梦里船。
醒得人间痴恨否？一声钟杵撞诸天。

2008 年

初食河豚

水晶宫里喜倾觞，斗韵谈玄乐未荒。
最是老馋消也未？河豚珍馔试新尝。

2008 年

龙游地下石窟

异境森森神鬼惊，水中石窟俨连营。
阿谁解得个中秘，霸越亡吴是此兵。

2008 年

同瑜英诗家游江郎山

瑶峰三柱矗云端，破壁谁开一线天。
风起霞飞仙境似，灵山不是梦中看。

2008 年

次岳琦白山望天鹅诗韵

胜境何殊蜀道行，神山秀水本通灵。
瀑声妙似广长舌，花阵妍于锦绣屏。
云影天光流自逸，唐风宋韵唱无停。
何当借得兵厨酒①，笑酹虚空文曲星。

【注】
① 兵厨：阮籍闻兵厨有美酒，乃求为步兵校尉。

2008 年

集安怀古

千秋俎豆仰高风，华夏句骊礼乐同。
碑耸太王光九域，词源一脉溯辽东①。

【注】
① 大业八年，隋炀帝征高丽，有《纪辽东》长短句，言及丸都奏凯实开词学之源。

2008 年

玉溪抚仙湖

西来万里彩云乡，探胜寻诗乐未央。
浩浩明湖环作镜，照它国色世难双。

2008 年

南阳行

洱海清波照眼才,长车又向宛城来。
秋风老尽诗人鬓,一路黄花寂寞开。

2008 年

西峡恐龙园

谁辟洪荒古洞幽,攀岩入地走龙虬。
经天劫火沧桑变,剩与游人一豁眸。

2008 年

平谷采风谣(三首)

金海湖泛舟

神鳌倒转现平湖,四境云山作画图。
绣出江南真国色,塞垣打桨快何如。

轩辕台眺远

崇台高耸险峰头，龙角昂昂万象收。
雪片燕山如席大①，莽苍王气压千州。

【注】
① 李白《北风行》："燕山雪花大如席，片片吹落轩辕台"即咏此地。

挂甲峪抒怀

挂甲英雄去，千秋有耿光。
山河感忠义，时代发辉煌。
雷奋看龙起，云兴任凤翔。
腾飞财物阜，和乐庶民康。
紫气天呈瑞，桃源地献祥。
浩歌同一曲，诗客醉瑶觞。

2009 年

本义书家兰亭八屏新张斋壁。日夕相对，有水流花放，悠然自得之致，感而有作

银钩铁画烂然陈，笔底能回太古春。
坐对虚堂娱晚景，海山难隔是诗魂。

庚寅元日作

长松歌

——刘征老九秩椿寿

岱山岩中千尺松，虬角龙鳞啸天风。
卿云天矫随风起，跨山横海寿刘翁。
翁家裔出丰沛族，歆向校书阁天禄。
太乙燃藜耀智珠，一脉文源擎大纛。
遍历三朝劫后身，洪炉百炼出纯金。
庠序青灯三十载，百千鳞鲤跃龙门。
笔耕百卷兼日夜，旧学新知誉天下。
铁笔如芒刺佞人，春雨催花遍原野。
吟运宏开赖护持，创刊立论树清规。
掷去诗毫裂金石，敲成妙句日星迷。
风骚脱手焕奇光，九域斯文奉巨舫。
共颂长松春不老，南极仙翁应寿昌。

2016 年

喜读鹏公贺四代会草书长幅

真如星斗灿灵光，动地风雷荡八方。
扛鼎移山真力在，新潮滚滚破天荒。

2016 年

陪沈老谒百岁锐公

风和云淡古槐香,一径高轩去不忙。
书海灵光经国老,两星天外闪清光。

2016 年

中秋庐山漫成(二首)

(一)

如琴湖上云初起,薄似鲛绡梦样轻。
了却一生茶酒债,故人相伴放歌行。

(二)

清风细雨小红楼,牯岭歌声忆莫愁。
茶客酒狂三五辈,豪吟慢品过中秋。

2017 年

小斋吟

天开石壁色斑斓,云去云来意自闲。
一卷诗书茶一盏,琴音瑟瑟鸟关关。

2017 年

日本游（五首）

富士山

富士天开岳，乾坤元气钟。
祥云环帝座，虹彩护神龙。
地火蒸花雨，灵光满碧空。
日升红冉冉，诗兴阔无穷。

乐游原之晨

氤氲元气满汤池，雪岭寒光入酒卮。
水鸟一行来又去，白云入户化新诗。

富士湾

富山湾与雪峰联，银岭洪涛远接天。
说与谪仙应羡我，骑鲸已向大洋边。

浅草桥晨眺

鸥鹭亲人取次飞，樱花初放燕初归。
凭栏偶忆濠梁上，何必观鱼辩是非。

飞渡太平洋，喜见圆虹

赤县扶桑拥大洋，百千年史太苍凉。
圆虹伴我从容过，喜结和平兄弟邦。

同清安游黄鹤山作

银潢倒泻楚江清，石壁千寻展画屏。
万斛天风吹宿梦，待骑黄鹤放歌行。

央视诗词大会赞并简鹏老、征公

千秋诗国壮图开，百辈英才摆擂台。
此是炎黄狮子吼，寰球翘首听风雷。

刘征老献书颂

世纪老人格最超，嫁书歌罢羡高标。
文才八斗惊天下，翰墨千秋耀碧霄。
坐拥百城参道义，长哦一曲继箫韶。
遥知此际群英会，应有诗吟卷大潮。

下篇 词

少年游

予怀渺渺洞庭波,银浪点青螺。水远山遥,笑桃人去,休问旧梨涡。　　清词剩喜鸿边至,偏爱晚晴和。瑶瑟清音,林泉高致,文采似星罗。

1965年

金缕曲·感事

霹雳当空击,卷狂飙、昏天墨日,海翻山坼。浩浩乾坤经劫换,鬼火磷磷青碧。纵横是豺狼狐蜮。万里长城真自毁,向高天、百问偏岑寂。骚楚恸,此何极。　　大江不废流朝夕。任儿曹、泥污秽染,清澄如一。检遍中华千卷史,功略人间谁及,更仁德、人间谁比?眼底浮沉焉足数,定忠奸、自有春秋笔。千万拜,寄肝膈。

1966年冬

南浦·咏冬日野菊

　　河桥回望，点霜空、雁字两三行。林净草枯沙浅，冷浪响寒江。惆怅孰华岁暮？东堤畔、一朵尚轻黄。似临流照影，佳人窈窕，淡雅自生香。　　伊郁骚心谁诉？向西风、一笑送残阳。我是零畸词客，荷锸走邅荒。珍重花边凝伫，恍个人相晤小轩窗。对青灯一点，咿咛细语浣愁肠。

1970 年

临江仙·敬题碧丈《梦华图》

　　痴绝叔原身世，风流子野才情。梦华图下谱新声。冷香飘满院，心迹玉壶冰。　　马足关河久惯，沈腰潘鬓谁惊？真教百炼灿文星。清歌杨柳曲，高响入青冥。

1971 年

浣溪沙·重阳日独寻雪芹故址

　　一道清江带远山，轻车摇梦入苍峦。柳丝无力曳荒寒。　　彩笔千秋留恨史，松寮风雨久凋残。蛩沉雁噤总无言。

1972 年

望江南·题吴则虞先生《曼榆馆词》

春无价，长记曼榆词。牛背夕阳红欲尽，银塘凉绿月圆时。兰菊逊幽姿。

1973年

浪淘沙·资江道中

风静浪纹平，芷岸兰汀。耕烟钓雨惯曾行。又是春江帆影绿，柔橹声轻。　　尘梦卅年经，去似流萍。盟鸥呼起未须惊。伴我瓮头新漉酒，催取诗成。

1973年

风入松·次韵玉老咏《三六桥本红楼梦》之作

凉飙回壑动霜红，雁字正书空。清泉黄叶京西路，荐心香、独吊遗踪。千里明云送爽，平畴禾黍蓬蒙。　　好音天外托长风，璧合事重逢。狂心欲起痴芹语，对荒山、梦绕丹枫。休论荣枯尘事，斯文万劫难穷。

又

依韵再和，不胜坚高之叹。

但逢井水总谈红，漫说色和空。芸芸多少痴儿女，迸心花、苦逐迷踪。遮莫晨钟暮鼓，难回恨海情蒙。　　鹤清梅瘦想高风，书海记初逢。名山事业如椽笔，寄闲情、赋到青枫。休向西昆兴叹，才人妙谛无穷。

1973年

渡江云·癸丑重阳节后霜降日陪碧丈香山看红叶

西风生远思，宽裾瘦杖，胜友会名山。栌林浑似醉，嫣红茜紫，恣意饰层峦。黄葩素桂，送幽香，何限清妍。喧笑语，游人络绎，济楚竞衣冠。　　年年。燃膏继晷，绣虎雕龙，幻空花过眼。漫赢得清风两袖，孑影阑珊。狂心未许长凝寂，问男儿四十，可算华颠？舒远目，飞鸿直庚霜天。

1973年

水调歌头·次韵碧丈除夕词

河岳文章在,先生业不贫。奕叶乌衣门第,坦荡性何真。袖手长安弈阵,出入丹青爨弄,异世葛天民。达者本无迹,潇洒送晨昏。　　骥之神,鹤之梦,月之魂。呵笔一笑掷下,高曲与谁论。杏影词坛双主,不绝风骚如缕,存继复何人?小子云山外,再拜问疑津。

1973 年

木兰花慢

兰亭禊后第廿七癸丑,陪碧丈大千教授廖老诸先辈游大觉寺,看杏花。

倚轳辀望远,青一溜,是春浔。正芳草舒芽,柔波皱绿,嫩柳垂金。轻车欲问何所?指天西、佳处趁幽寻。喜伴耆英高侣,同参地契天心。　　涔涔,泉水响清音。翠筱自森森。伛越垄连冈,轻红小白,艳杏烧林。亭亭。旧时玉树,任无言、脉脉照墙阴。更向春山深处,饶他重雾沾襟。

1973 年

满庭芳·奉和蘧老清水院之作

薄雾轻收，嫩寒初敛，匆匆过了花朝。山红涧碧，对景总魂销。试访天西佳丽，飙轮动，何似骢骄？关情处，木兰僧院，泉石小逍遥。　　妖娆，花乱发，蒸霞倚玉，举举标标。伴几丛吟竹，如向人招。唤起文坛鸿硕，频飞动，画箧诗瓢。都休问，宫莺消息，暂驻乐相聊。

1974 年

念奴娇·蘧丈以《小留香馆词》见示，兼命同作

春风一曲正娉婷，余响绕梁萦殿。天壤王郎如玉琢，彩笔留香呈绚。司马青衫，陈王梦枕，一例成凄怨。云郎心事，只今图画犹见。　　谁信倦羽零鸿，摩云印月，也有冲天羡。一角方塘堪照影，休论萍葭深浅。几叠蒲编，数行剩墨，可似珊瑚案？红巾翠袖，莫教珠泪轻溅。

1974 年

满庭芳·贺章行严丈九十晋三椿寿

南国芳菲，一枝独秀，年年先著春光。貂裘犹记、俊侣结扶桑。唤起神州沉陆，惊雷动、狮吼长江。经纶手，狂澜更挽，橄笔锐如铓。　　轩昂。归一统，浮云扫尽，红日东方。喜射潮人健，地换清凉。待把嘉谟献了，东山里，诗赋平章。耆龟老，士林争仰，上寿祝椿长。

1974 年

临江仙·和瞿丈赐词

一代骚坛疏凿手，坡翁可是前身？琼瑰光阵接天门。词翻江海水，笔拨岳巅云。　　化雨春风无远近，漫云逸足驽群。甘霖淑气见精神。驰驱惭宿愿，薰沐荷新恩。

1975 年

虞美人·乙卯中秋作，效竹山体

儿时玩月中秋夕，珠影湘江碧。少年跃马走龙沙，万里秦关汉月动清笳。　　而今来作京华客，鬓也星星白。饶他霜雪满头生，依旧清狂不减昔时情。

1975 年

浣溪沙·和碧丈九日访雪芹故居之作

终古烟霞绕此村，山丹涧碧未为贫。柴扉轻掩大千尘。　　凄绝红楼魂欲断，萧然败壁墨犹存。兰成心事倩谁论。

1975 年

减字木兰花·和瞿丈香山词

佰年间气，认取秋风岚影里。茹苦含辛，凄绝红楼吊梦人。　　露痕莫浣，一滴也知天近远。去住湖山，坐满耆英会最难。

1975 年

鹧鸪天·次韵君坦翁某公主逐队买菜之作

已幻金吾报晓衙，未须惆怅向虫沙。从教滴漏空秋苑，别放馨香到野花。　　休殢酒，莫鸣笳。西风一夕遍天涯。琼台为问骖鸾客，何似村头老灌瓜？

1975 年

临江仙·颐和园秋游即兴

寻秋十里清漪路、山崖水涘回环。穿桥渡港艇儿闲，芦云弄雪，飘作鬓边斑。　　登临何限沧桑意，楼台金碧新翻。桂花廊外一盘桓，烹茗呼酒，香韵透重衫。

1976 年

踏莎行·赠统一

泉涌清谈，云蒸逸气，灯前喜见瑶台树。茝兰菌桂寂无芳，一枝独秀深山坞。　　把盏论文，支颐说剑，书生怀抱仍千古。长风六月满沧溟，抟空好去休回顾。

1976 年

八声甘州·赠画家林锴

畅平生，把臂记初逢，灯火向阳楼。正大千乍震，惊尘待浣，黄菊当头。落拓京华倦客，一醉袯千愁。我爱郑三绝，柿纸风流。　一笑功名屠狗，问斯文吾辈，何似兜鍪？便狂狂怪怪，天地恣冥搜。倩红装拂笺夜月，泼淋漓翠墨写春秋。休怀感，正新潮涌，好驾飞舟。

1976 年

采桑子·粉碎"四人帮"和谷城丈见赐之作

文章道德今谁是？离合神光，冬雪秋阳，铁干苍苍老萼香。　驴鸣犬吠前番事，傀儡登场，优孟成行，粪壤充囊竟自芳！

1976 年

临江仙·叶帅八旬椿寿献辞

百战江山归一统，天骄早怵雄风。中兴大业策奇勋，金瓯欣再造，八表仰元戎。　岳峙渊渟原不老，擎天百丈乔松。英文巨武气如虹。汾阳居渭北，太傅卧山东。

平韵满江红·和君坦丈喜瞿师北归之作

襆被江关，曳筇竹婆娑兴长。一肩载、雁声河岳，帆影湖湘。近绿遥青供望眼，丹枫黄柚忆江乡。有词仙吟啸倚高楼，情慨慷。　　洞庭浪，毋作狂。湘灵瑟，演兴亡。又沧桑劫换，衮衮侯王。霖雨催花调玉烛，熏风解愠浴兰汤。待秋来 闾里乐丰登，应未央。

1977 年

平韵满江红·岳阳楼眺远

杰阁崇轩，突兀压、千里翠涛。宾鸿送、飞云冉冉，落木萧萧。秋水澄鲜开镜槛，西风飒爽涤征袍。正明眸 帝子淡装初，螺黛娇。　　雄羿射，神力豪。湘累恨，会应消。换九州忧乐，曲奏薰韶。万突插天挥彩笔，千帆破浪涌诗潮。遍三湘四泽起欢歈，暾正高。

1977 年

八声甘州·总理周年忌辰作

扫欃枪、功业佐龙兴，重开纪元新。看神明华胄，金汤万里，普净尘氛。卅载经纶吐哺，尽瘁为斯民。红雨东风里，万象齐欣。　　沉痛巨星长坠，动八方涕泪，地暗天昏。正四凶肆虐，大业几沉沦。赖万众同心协力，挽狂澜、定策仰元勋。看今日，又朝晖满，大地回春。

1977 年

金缕曲·寿碧丈八十华诞，次君坦丈韵

独立尘埃外，贮连城、珊瑚铁网，陆离光怪。脱手千金轻一掷，遑论荣枯成坏。早传遍、声名山海。岳岳乔松青不老，羡拿云气概今犹在。倾百盏，解骖卖。　　流光渐逐东风改。月初圆，八旬览揆，寿筵新届。四渎三山持竿叟，桃李千行环拜。听白发高歌慷慨。倚马才华词百卷，醉烟霞、餍了斯文债。开北牖，纳明垱。

1978 年

摸鱼儿

翟君伉俪，仳离半世，近有重圆之讯。喜赋。

渺人天、劫灰不到，算只情痴一物。山南海北分飞雁，剩有魂萦梦拄。奈何许！君不见，情心更比莲心苦。风欺雨妒，对寒夜孤檠，晓窗残月，泪滴石应透。　　延平路，喜又龙还剑浦，依然当日娇妩。画眉京兆乘鸾客，何似镜圆佳侣。真堪誉！便检遍、牙签黄卷难为伍。茫茫今古。付儿女青红，瑶筝宝瑟，细与诉倾慕。

1978 年

汉宫春·峨眉山

秀甲天南，斗娥眉奇绝，千古名山。东风一路吹绽，花蝶成团。云峰玉涧，纵丹青、欲写应难。苍坳外，梵音断续，相亲更有灵猿。　　顾曲周郎来也，漫携醪直上，一放狂癫。能消几番醒醉？吟鬓都斑。横挑榔枥，沐烟岚、物我欣然。凌绝顶，千岩霞起，蒸蒸日又如盘。

1978 年

扬州慢·游滇池，吊聂耳墓

曲槛喷泉，疏花瘦竹，春城何限清妍。倚轱辚十里，尽如画山川。载笔向，沙堤眺远，柔波万顷，袅袅轻烟。是耶非？临镜仙姝，谁适云鬟？　　半生浓想，算而今鸥梦初圆。好濯足沧浪，餐霞绝顶，吊古碑前。犹记救亡当日，悲歌动，响彻云天。又夕阳渔唱，平湖处处红嫣。

1978 年

高阳台

己未清明后三日，词林诸老招作阳台嬉春之游。山麓大觉寺，即辽之清水院也。梵宇千年，林木蓊郁。连冈十里，艳杏如云。濯流泉以歌啸，抚古塔而盘桓，真令人尘滓消尽而六腑俱清也。同游诸公如夏瞿禅、张丛碧、任半塘、钟敬文、黄君坦、徐邦达、吴无闻先生并有佳作。孰谓江山秀色，不因我辈而畅其文藻耶？归琢小词，以志胜游。

嫩柳摇金，晴波涵碧，淡云掩映苍峦。辇路同寻，看花又是春妍。东风泱漭京西道，伴鸣珂、画侣词仙。豁余怀，万树红霞，一曲流泉。　　辽家霸业成何事？尽残碑冷寺，管领荒烟。野草无心，依前绿到遥天。茂林雅禊须重续，动高吟、有笔如椽。赋归来，梦也清酣，诗也清圆。

1978 年

八声甘州·彭德怀颂

是元戎蒙难黑牢时，沥血述文章。吐悲情万斛，人妖颠倒，热泪浪浪。孤苦少年身世，千厄炼纯钢。初试翻天手，义起平江。　　百战奇勋盖世，更驱倭立国，抗美威扬。为生民请命，折角谏天王。炸庐山、万钧雷劈，齑粉碎忠良。沉冤雪，看丰碑起，霄埌腾光。

1978 年

水龙吟·张志新颂

任它雪虐风狂，孤芳一朵开如血。高标贞干，慧心丽质，肠刚似铁。裂地妖烟，掀天恶浪，只身拼搏。恨森严罗网，神喑鬼阂，浑不得、支撑力。　　忍见磨牙啮骨，恸罗兰、断头喉切①。名花殒灭，伦常毁丧，天何此酷。苦雨终风，十年吹转，阳和迸发。趁清平世界，黄金铸像，立生民极。

【注】：
① 罗兰：法国大革命女政治家，被处死于断头台上。

1979 年

临江仙·鉴真塑像返国，词以颂之

一棹沧波东渡，天花法雨纷纷。扶桑赤县证前因。心灯开别派，仁术济劳民。　　弹指一声今古，山花涧水长新。万家空巷礼金身。清凉看故国，唇齿结芳邻。

1980年

减字木兰花·车过南京长江大桥

游龙无碍，汉塞秦关如电快。绿野苍茫，一路东风荠麦香。　　风雷滚滚，三十三年如转瞬。旭满长江，吟过飞虹意自扬。

1980年

水调歌头·零陵泛舟

罗带萦空碧，鬟髻耸青苍。片帆送我来去，十里水云乡。扑面霏霏烟雨，酿就满天秋色，裾屐趁重阳。一掬拭吟眼，诗思共江长。　　舞箫韶，歌柳赋，诵骚章。风流何间今古，俊侣结潇湘。扫却浮云万里，看展抟空双翼，水击动溟沧。野马尘埃外，天地睹圆方。

1981年

水调歌头·长沙湘江大桥眺远

天堑休夸险,驱石未为雄。试看星沙江畔,巨手夺天功。挽却彩虹千丈,飞跨汀洲翠浪,坦道上青空。宝炬炫奇彩,大纛舞东风。　　人成阵,车流水,马游龙。衣冠济楚,铿然韶濩颂时雍。拔地烟囱林立,绿野平畴无际。佳气郁葱葱。放眼穷三楚,暾照万山红。

1981 年

八声甘州·敦煌

趁飙轮、万里过中原,探胜古瓜州。有豪情词伯,金闺秀质,俊彩吟俦。阅尽祁连雪岭,弱水送西流。银汉入杯盏,逸兴云浮。　　极目苍茫古戍,正玉关草长,风雨新收。送驼铃阵阵,禾黍满田畴。最神驰、莫高宝窟,尽人天、万象供双眸。低回久,梦魂从此,夜夜崖头。

1981 年

虞美人·和草莱

漱玉泉边丝柳袅，风日般般好。年时载笔觅吟踪，恰是杏花消息晚烟中。　波澜不二连江海，鹏举三山外。斯文一脉到深闺，喜见词坛崛起两娥眉。

1981 年

八声甘州·中国韵文学会成立献词

溯生民开辟到如今，文采冠南陲。记洞庭张乐，九嶷车盖，岣嵝丰碑。千古忠贞幽洁，芳悱屈平词。继起尽才俊，潮涌星驰。　盛会高秋初过，又丹枫照眼，零雨如丝。喜五星东聚，薄海仰旌旗。绍斯文、千秋绝艺，展新猷、一脉接崔巍。升平日，听新声奏，响彻天涯。

1984 年

一剪梅·张家界金鞭溪——次草莱韵

到眼溪山沁骨凉，莫叹朝阳，且惜斜阳。风吹吟袖动双双。句也生香，水也流香。　玉柱、金溪步步量。峰似鹰翔，石似鱼翔。黄花雅韵斗清霜，景胜三湘，人秀三湘。

1985 年

木兰花慢·北戴河

指片云东下,向溟渤,棹轻舟。正浩浩风凉,浛浛波软,穆穆山幽。栖留。解衣磅礴,击空明,澜翠接天浮。何必乘槎骖鹤,人间自有瀛洲。　　凝眸,故国神游。兴废事,总如流。便秦皇魏武,长壕短碣,并付悠悠。驯鸥。旧盟未爽,又翩跹来下助吟讴。好趁一轮明月,重寻万马潮头。

1985 年

减字木兰花·雁凌弟学成南返作此为别

溪山好处,黉舍数椽曾共住。灯火鸡窗,抱膝摊书兴自长。　　岭云燕树,万里江天遥忆汝。健笔如铓,掷地雄文有耿光。

1986 年

齐天乐·丁卯重午中华诗词学会成立作

好风也解骚人意,吹下一天凉雨。浮翠园林,流丹楼阁,城阙更添娇妩。衣冠济楚,聚北漠南溟,酒狂诗侣。粽绿榴红,水亭一醉送重午。　　吟坛颓运过了,振衰多俊彦,高步云路。星斗撑肠,风雷绕指,应卷新潮如怒。腾飞大业,要笔力千钧,万花齐舞。铁板红牙,任教随意谱。

1987 年

喝火令·重阳雪霁登香炉峰,时值十三大闭幕

逐日骢无迹,追风鹘有声。八方佳气聚神京。盛会宏开国运,百族共欣荣。　　北牖消残雪,西楼倚快晴。炉峰呼友喜同登。爱煞漫山红叶似霞明,爱煞游山童叟、笑语话升平。

1987 年

减字木兰花·龙年试笔

爪鳞隐隐,催发天机雷滚滚。无价骊珠,照彻长河瑞应图。　　点睛只手,破壁腾飞神抖擞。虎掷龙骧,雨布云施乐未央。

1988 年

巫山一段云

　　雪打窗前树，萧骚作雨声。小楼偃蹇梦难成，独对剩空檠。　　待雨穿双眼，裁诗减性灵。何时回雁动归程，相望总心倾。

1988 年

临江仙·同岩石、草莱游麓山

　　明月松风旧迹，梅花细雨新年。呼朋携酒到苍巅，屐声清得得，诗思矗翩翩。　　好向层台舒远目，空蒙画里山川。何时一壑得长专，四窗花不断，三径碧苔鲜。

1988 年

行香子·海滩望月

　　波绉罗裙，云绣霞裳，正晞发龙女梳妆。镜奁开处，上下清光。便渔家乐，农家歌，酒家忙。　　严滩陶宅，金谷玉堂，问何似海上徜徉？三生慧业，百转柔肠，任风头紧，船头侧，浪头狂。

1988 年

望海潮·秦皇岛

山围平野，云连大漠，雄关险扼东溟。噀雨鲸呴，掀空蛟舞，图南可有鲲鹏，八表奋云征？看浪涛吞吐，淘尽豪英。叱石鞭羊，剩渔樵爨演亡兴。　　千年旧说难凭。向危崖寄啸，喜见波澄。映日花鲜，涵空水碧，朝朝舞妙歌清。杯酒莫须停。游戏水晶域，鸥鹭休惊。最乐乘槎月下，朗咏逐潮生。

1988 年

水调歌头·下三峡

城头太古月，伴我过夔州。冷光摇荡寒碧，轻浪拥飞舟。束峡双门对起，百里天开一线，万嶂导江流。造化辟奇境，元气接昆丘。　　揖神女，歌白帝，下黄牛。河山万里行遍，第一蜀中游。招手天边鸥鸟，试起苏辛李杜，煮茗斗清讴。云散日初上，霞外耸重楼。

1988 年

水调歌头·新修滕王阁，词以落之

一阁雄吴楚，轮奂有辉光。崇台高出云表，纳纳见湖江。检校西山烟雨，管领芳洲风月，虹彩彻天长。逸气轩眉宇，此乐讵能央？　子安游，重九会，妙文章。风流无间今古，义帜首南昌。万灶貔貅奋起，百战史开新纪，勋业裔煌煌。朝野腾龙虎，人物阜而康。

1988 年

水调歌头·赠青子画家

向夕月初上，蓬室漾清辉。好风天际吹送，凉绿到书帷。马迹塘边旧事，白屋家家翠竹，樵唱逐云飞。四海几知己，古雅渺难追。　话霓裳，回妙舞，弄金徽。广乐钧天歌罢，余事到临池。挥手云烟满纸，要种春花无数，开遍万山隈。造化输光彩，元气莽淋漓。

1989 年

减字木兰花·迎马年诗会作

良辰高会,诗酒朋簪酬乐岁。驭电追风,开道骅骝气象雄。　　峥嵘阔步,滩险涛惊舟稳渡。鼎鼎堂堂①,寰海同心促富强。

【注】
① "残岁堂堂去,新春鼎鼎来",陆游诗也。

1989 年

减字木兰花·赠中州诗词

嵩高河洛,华夏摇篮人崿崿。大纛中州,百丈吟坛据上游。　　十年创业,突起异军光赫赫。世纪新开,喜见诗潮卷地来。

凤栖梧·题百鸟朝凤砚

有凤来仪知也未?墨玉乌金,胜似河图瑞。纸帐梅花清且美,奇温比似姜肱被。　　照水通犀非与是?才减江淹,落拓长安市。海上春雷新又至,迎风谁展凌云翅。

1990 年

豆叶黄·题豆荚砚

豆棚瓜架打禾场,一缕清风万古凉。试拈柔翰向晴窗,自低昂,黄庭写罢墨琳琅。

1990年

荷叶杯·题象鼻砚

灵象渡河无迹,难觅,空际只闻香。何如颠素硬毫长,夭矫若龙翔。

1990年

水调歌头·庚午秋日陪赋学会诸君子游泰山

卅载一弹指,重赏岱宗秋。满山松桧无恙,白了少年头。霜木纷披照眼,潭影参差凝绿,坦路上高丘。碑碣摩苔藓,古意浩悠悠。　抚长松,攀索道,御风游。振衣直上千仞,云外数齐州。喜伴儒林鸿硕,更约海西佳士,诗酒结绸缪。瑞色盈千里,逸兴接天浮。

1990年

蓦山溪·襄樊安康道中

朝暾初起，触境皆清美。佳气浩难收，遍林壑、霜红似绮。岫云卷絮，天矫向天横。江若练，艇如梭，织出秋无际。　　征轮突突，迤逦穿云水。白屋隐松篁，恍身到桃源洞里。卧龙诸葛，高躅竟如何？呼浊酒，展重阳，莫负溪山意。

1990 年

金字经·迎春曲

小窗飘瑞雪，老钵绽山茶。案头新放水仙花。呀！多少清闲暇。春来也，羊年好，应无涯。

1991 年

北双调·沉醉东风羊年春宴
作奉叶玉超、叶嘉莹先生

细呷着羊羔酒好，斜觑着羊角灯高。悬鱼羊续清，觅句羊肠小。心花比似羊城俏。羊裘老子逊风骚，算诗兴、羊年偏早。

1991 年

临江仙·七一过叶帅故居

百战江山归一统，天骄早怵雄风。中兴大业策奇勋，金瓯欣再造，八表仰元戎。　十载来寻湖上路，波光花影重重。歌声处处颂时雍。汾阳门巷好，朝日壮图红。

1991年

太常引·游漓江赠台北郑向恒先生

一泓柔碧世间无，列岫展屏图。放筏有村姑。这清景，桃源未虚。　岚光照影，秋风鼓枻，不是为鲈鱼。雅集有鸿儒，动诗兴，频倾玉壶。

1991年

临江仙慢·汨罗怀古

汨水流无尽，骚亭滴泪，万古孤哀。行吟处，倥偬残垒烟霾。伤怀，正兵戈急，生民劫，宫阙蒿莱。湘累恨，拼一腔忠愤，抱石沉骸。　难埋，两间奇气，文光照彻霄埃。焕湖湘英烈，俊彩云来。天涯，喜星辰转，风潮壮，国运宏开。凭南望，有颂碑森起，兰菊盈阶。

1991年

书斋四适试作汉俳

观 书

跷足北窗边，
把酒迎风自在观，
思接混茫前。

啜 茗

活火试新茶，
一握云腴漾紫砂，
有味是清嘉。

吟 诗

邀月斗叉尖，
觅句行吟意气酣，
击缺唾壶三。

临 池

兴到偶挥毫，
漫写胸中乐与焦，
忘了字儿糟。

1992 年

临江仙·留别二部诸同学

行脚千山万水,放怀长啸孤吟。薰风相送到渝门。杜鹃红映日,灯火远连云。　　黉舍春风春雨,庭阶香芷香芸。者番归去倍相亲。日边容拭目,破浪看龙鳞。

1992年

八声甘州·同玉才兄登大雁塔

耸重霄无恙护河山,胜迹溯初唐,便撑天拄地,量星步月,永驻神光。释子孤征万里,留得贝经香。千载传梵唱,法雨纷扬。　　喜共良朋俊侣,探幽寻古,重到禅堂。扪杜陵遗墨,雅韵自难双。浩余怀,秋风渭水,近重阳,木叶漫飘黄。层楼上,试披襟望,风健云长。

1993年

高阳台·同诸诗友游龙虎山、泸溪

冀北冥鸿，江南烟雨，番风催送征轮。载酒招朋，吟边旧梦重温。溪山奇秀莺声嫩，步苍岩、藓木轻扪。是伊谁、冶绿妖红，妆就娇春。　　龙吟虎啸神仙窟，更象山庐近，马祖庵邻。异境天开，洞中日月长新。千年桃石江心立，向游人、指引迷津。快登临、荡我尘襟，畅我诗魂。

1994 年

八声甘州·大龙湫观瀑，有怀承焘师

破晴霄、天际泻银泷，万斛势如虹。便喷烟屑玉，螭争蛟哄，声若雷轰。云锦明光千幅，飘荡水晶宫。揽尽山河胜，少此奇雄。　　廿载来圆初梦，正连宵雨霁，山展修容。唤瘦筇得得，结侣觅吟踪。西南望、常云山顶，有词仙曾此驻松风。拏云气，只今犹绕，卓笔高峰。

1995 年

减字木兰花·汕头诗人节上作

海湾国角,鱼跃鸢飞人共乐。襆被南来,要汲曹溪法乳回。　文坛高会,禊侣山阴如也未?鞳鞳镗镗,匝地欢歌动八方。

1995 年

沁园春·糊涂楼欢迎嘉莹先生席上作

发岁开新,济济一堂,胜地名流。有瀛洲仙客,文华照世。东观学士,逸气横秋。俊彦翩翩,老成岳岳,簪盍相逢意兴稠。吟怀畅,付红牙檀板,缓奏轻讴。　春风席上绸缪,便往古来今入话头。笑鸡虫得失,等闲名利。英雄事业,华屋山丘。算只斯文,灵心契合,倡汝和予莫放休。今宵里,对初三眉月,满泛金瓯。

1995 年

减字木兰花

糊涂楼内,酒未醉人人已醉。席满芝兰,迓得天仙叶小鸾。　清吟入破,白雪阳春争与和。翰墨淋漓,妙笔鸿裁字字奇。

1995 年

南歌子·澍兄七旬览揆，戏琢小词，以介眉寿

我爱王夫子，人间第一痴。不耽烟酒远娇妻，躲进小楼一统只哼诗。　　帽戴羊绒浅，车骑轱辘低。隔三岔五下回棋，谁解个中滋味乐怡怡。

1996年

南歌子·吊张报老

笔有铮铮铁，身如海里龙。当年国际弄潮雄，乞火几番亲到姆林宫。　　撒手成千古，人天恨不穷。关心最是振诗风，华夏吟坛一恸失斯翁。

1996年

水调歌头·鼠年联欢节口号

佳节从头数，天鼠送春来。江山日增秀色，杨柳绿盈阶。红紫东南渐满，冰雪西陲消尽，瑞气化轻雷。喜报千千万，飘向海天涯。　　歌四化、促统一、颂回归。金瓯收拾一片，妙境胜蓬莱。虎跃龙骧气象，万丈如虹光彩，国运正宏开。物阜民安日，歌舞满楼台。

1996年

水龙吟·祁连大通河引水工程赋

能令赤野回青,人间今见擒龙手。汉唐故邑,泉枯岭秃,马羸如狗。定策中枢,指通千嶂,天河营构。正新潮怒涌,风来八面,祁连下,春光秀。　　漫说五丁神力,看双盾、钻机雷吼。穴地穿山,垂虹吸水,清流奔骤。史册翻新,川原再造,平畴铺绣。望水龙夭矫,波光闪闪,灿如星斗。

1996 年

水龙吟·秦王川怀古

晋太元元年(公元376年),秦王苻坚西征凉州。兵出永登,连捷于文车泽、杨非谷,张天锡出降。秦王川因此得名。暑中踏访,感而成咏。

煌煌青史重温,苻秦当日军威咤。文车泽畔、杨非谷口,横挑万马。耀日兵戈,连云楼橹,指严城下。遍姑臧内外,凯歌动地,金汤固,成王霸。　　千古兴亡一瞬,剩残垣、雨风吹打。祁连高冢,茫茫何处?黄茅盈把。水竭龙潭,沙荒古戍,难寻蓬舍。正万方协力,水龙降就,绘新图画。

1996 年

水调歌头·引大入秦工程赞

陇上都江堰,引大入秦川。壮伟有谁堪比,奇想更无前。凿破苍岩千仞,调得大通河水,横绝万山巅。一扫洪荒迹,战阵摆祁连。　　辟财源、兴科技、广招贤。陇原儿女十万,敢教地天旋。挽得长虹天上,直捣龙宫地穴,万斛涌甘泉。瘠壤成天府,康乐万斯年。

1996 年

太常令·徐邦老八五椿寿

中天日影丽觚棱,车骑走铿訇。冠盖会东城,金杯奉、蓬山寿星。　　鸿文椽笔,左图右史,声望重寰瀛。仙侣众心倾,更海屋、添筹百龄。

1996 年

江城子·悼邓公

俄惊万仞泰山崩,卷长风,走雷霆。黄发垂髫相向泪如倾。一代伟人归去也,环海宇,荡悲声。　　开天辟地几人能?引新程,创中兴。狂澜力挽,大业日蒸蒸。特色蓝图凭设计,航碧海,掣长鲸。

1997 年

临江仙·寿李锐老八十,用赵朴老韵

掉臂金明池上客,龙鳞曾逆庐峰,一生魔厄笑谈中。直声韩吏部,胸次水云重。　　滚滚黄流身独障,万民忧乐相通。侯王成败等鸡虫。名应千代著,日照万山红。

1997 年

庆清朝·回归礼赞

海畔名城，人寰妙境，明珠熠熠腾辉。流光炫彩，巍峨万景楼台。环顾亚非欧美，谁似此，目醉神迷。开新埠，射潮弩劲，逐日心齐。　　华夏雄风重振，看五星东聚，猎猎红旗。铲除恨史，长天高矗丰碑。匝地歌呼雷动，共迎合璧庆回归。滨南望，排山涛壮，照海暾奇。

1997 年

南歌子·和邦老寿汝昌翁八秩词

天上蟠桃熟，沽门榆火新。麒麟落地便无声，蹑影追风长共月相亲。　　嵩寿吟坛盛，清名万里闻。真将一脉系斯文，难忘抠衣当日叩高门。

1998 年

南歌子·寿玉言先生八秩初度

禊事匆匆过,神州种种新,期翁耋耄寿无伦。更喜白头梁孟两相亲。　　学富五车重,才高八斗闻。年年椽笔有奇文,长教披寻虚往立程门。

1998年

水调歌头·中秋拂晓登岱顶观日出

挥手出京阙,山海豁吟眸。莽荡天风伴我,岱岳恣清游。携得如盘晓月,赶趁晨曦玉露,直上万峰头。今夕复何夕,天界作中秋。　　扪星辰,餐沆瀣,御飞舟。平生无此雄快,吟兴浩难收。脚底长松千队,扑面飞云万变,古刹百重幽。一啸众山响,瞰日出齐州。

1998年

江南好·题修淬光先生诗集

行吟际,木笔发幽香。照海倚天春不老,敲金戛玉意堂堂,字字吐精光。

1998年

减字木兰花·贺永兴中青年诗会

南天爽气，金紫秋光图画里。目送宾鸿，澎湃新潮与海通。　　吟坛急鼓，百辈词流争济楚。头角峥嵘，挥手风雷九域惊。

1999 年

减字木兰花·深圳端午

敲锣击鼓，万众空城迎屈午。吟侣偕来，好向南天豁壮怀。　　琼楼万幢，不似尘寰似天上。丹荔流霞，旷世名姝第一家。

1999 年

庆清朝慢·千禧献词

钟鼓掀天，烟花不夜，龙腾狮舞街头。人间共迓佳节，千禧重周。庆罢回归港澳，江山濯濯胜金瓯。风流地，欢歌四起，锦绣神州。　　疆万里、人十亿，向东风纵辔，高骋骅骝。航天有术，弯弓巧射方舟。旧耻百年雪尽，中枢大揆定奇猷。中华好，翻新岁月，举世谁俦。

2000 年

菩萨蛮·辛巳春日过访顺良伉俪

买山起屋多年愿,结茅应向慈溪畔。姚水梦中流,春来好放舟。　　江山如有待,此意天能解。把盏对良朋,诗怀共酒浓。

2000年

临江仙·同张结、顺良伉俪游普陀

海水连天天连水,轻舟来去如风。祥光端照水晶宫。慈云生荏苒,妙相现雍容。　　文字思量多自误,韶光一去匆匆。印心梵呗响云峰。拈花凭一笑,相契佛门中。

2000年

太常引·蘷丈九秩椿寿献词

瀛洲徐服认前身,鸿戏海天春。才艺迥无伦,更法眼、勘破赝真。　　春来八面,筹添海屋,南极耀星辰。盛宴聚嘉宾,称上寿、应齐大椿。

2000年

南歌子·陵川道中作

上党脊天下,陵川壮晋中。高秋盛会太行东,喜见万山林木透新红。　　聚井五星灿,挥毫四座惊。词流百辈踏歌行,共颂年丰人寿国升平。

2000年

临江仙·情人岭看红叶

抖落京尘千斛,来寻深谷幽奇。黄花红叶斗芳菲。长林疏影下,卧看白云飞。　　莫问山中甲子,但观秋色迷离。良辰不乐复奚为?盘桓情侣岭,真个不思归。

2000年

水调歌头·太行佛子岭峡谷

巨刃凌空下,雷电耆相磨。百里苍岩断壁,一豁到黄河。摆硙乾坤元气,激荡山洪走石,神鬼怯经过。五岳漫奇伟,何似太行峨?　　傍蓝水,观飞瀑,倚藤萝。凭轩相与一笑,搔首发清歌。收拾药囊诗卷,呼吸岚光紫气,容我息渔蓑。乞得玉壶液,双颊醉颜酡。

2000年

八六子·参观王莽岭锡崖沟感赋

莽苍苍，万峰千壑，横空揽尽秋光。觑鬼斧神工绝壁，晴岚夕照烟霞，心飞魄扬。　　天开异境无双。拔地石矼千仞，满山林海苍茫。驻足处，何人不称奇绝。盘空鹰隼，挂岩车道①，太行子弟，攀天浴火，卅年修出康庄。嗬依哟，深山飞出凤凰。

【注】
① 锡崖沟人，积三十年之力于绝壁修筑公路，人称挂壁路。

2000 年

高阳台·游白山天池、瀑布作

俯瞰东洋，雄居北亚，三边第一名山①。拔地擎天，奇峰十六相连。云巢海眼神仙窟，向天池、照影都寒。凌空下，银虬矫矫，泻玉飞烟。　　奔雷激浪三江去，便波翻白雪，气撼长川。布雨施云，人间顿现华严②。重来正值秋光好。漫支筇、一赏烟岚。发高吟，风生大壑，响动苍峦。

【注】
① 三边：中、俄、朝三国毗邻。
② 华严：佛经中之极乐世界。

2000 年

减字木兰花·题诗联集

新开世纪,龙跃重霄风日美。百吉千祥,梅萼中州发异香。　　鸿文一卷,勃勃生机光照眼。击节豪吟,匝地春风满上林。

2000年

减字木兰花·题《燕南诗词》

东来紫气,放眼燕南图画里。万幢琼楼,秀出中华三百州。　　科工农贸,竞向春风飞捷报。鞳鞳镗镗,喜听新雷动八方。

2000年

卜算子·读琦培《飘走的云》诗集

莫问梦中云,飘荡归何处?海水桑根尽劫灰,遮断来时路。　　五十二年风,吹老江边树。剩有骚心一片清,伊郁为君诉。

2000年

浣溪沙·一新先生追思会上作

未名湖上水风柔，朗润楼中绿蚁浮。几回灯火话清游。　　落纸龙蛇增气象，昌诗怀抱继苏欧，杜陵仙去怅千愁。

2001年

百字令·人民文学出版社成立五十周年

光华喷薄，记当日、文学殿堂初创。玉笋仙班人济济，一路东风澎荡。含纳中西，导扬新美，风气开无让。万编鸿著，满天星日繁朗。　　欣值世纪开元，社逢佳庆，万马潮头壮。博采古今归妙笔，陶铸奇才良匠。鼓吹休明，激扬清浊，广乐钧天响。求新崇雅，百花应更娇放。

2001年

临江仙·婺源江湾感赋

闻道长虹出金井①,煌煌异彩呈祥。文公佳兆久传扬,山乡牛背上,多少读书郎。　　英杰而今称特盛,紫薇光阵堂堂。云涯九派汇长江。中兴凭导引,日月更重光。

【注】
① 长虹句:朱熹祖籍婺源,传有长虹出井之祥。

2001年

浣溪沙·申奥成功作

历史安排顷刻中,梦圆今日乐无穷。如雷金鼓欲穿空。　　东亚病夫成往事,奥林匹克焕新容。二零零八奋群雄。

2001年

喝火令·北海银滩

皓皓长滩白,茫茫海气青。秋风万里棹歌行。喜见黄童白叟,各族颂升平。　　雅乐翩翩起,华灯冉冉升。泉喷万道似龙腾。爱煞人间仙境,表里放光明。

2001年

浪淘沙·岳桦林下作

撑出石崖间,干偃根蟠。银霜鳞甲耸高寒。长白精魂凝铸就,气薄星躔。　　林下小盘桓,秋意浓酣。新黄黝绿杂红斑。身在妙香天界上,浑忘尘寰。

2002 年

临江仙·陪李锐老赴天台机上得句

借得大鸾双健翮,扶摇直造苍穹。图南喜伴矫哉翁。狂澜身独障,射日有强弓。　　烈士壮怀长未已,冲天浩气如虹。又携椽笔浙西东。江山凭指点,八表仰高风。

2002 年

临江仙·琼台石峰如柱,类若神针,因赋

大壑危岩惊百变,风烟一径相通。仙家窟宅有无中。银潢分一脉,飞瀑下青空。　　奇绝石峰云际出,清光上彻苍穹。天心地窍更谁雄。神针长护国,威镇海天东。

2002 年

临江仙·千岛湖展承焘师墓

揖别天台佛国,来寻湖上千山。水光岚影绿相参。清波浮快艇,秋色渥如丹。　　想得短篷摇梦①,当年名动江关。而今归卧羡山巅。心香呈一掬,长拜礼词仙。

【注】
① "短篷摇梦过江城"为夏公《过七里泷》句。

2002年

临江仙·兰溪留别亚男

探胜双龙古洞,搜奇诸葛名村。醉人千岛碧嶙峋。水连沧海阔,灵气尽成云。　　三日兰溪雅聚,篝灯酬唱殷勤。觥筹歌乐最倾心。京门悬一榻,好月许同寻。

2002年

减字木兰花·奉题西秦百家诗选

四山五水,凤骞龙盘形势美。秦汉邦畿,华夏英风万古垂。　　马头旧月,曾是间关行役客。喜听新腔,应有风雷动八方。

2002年

满庭芳·白云合唱团诗词咏唱会喜赋

槐蕊流香,楼台不夜,璇宫仙侣如云。敲金戛玉,檀板一时新。广乐钧天雅奏,白云曲,响动星辰。高山里,淙淙流水,触处尽成春。　　广陵新续得,凭君唤起,千古骚魂。看满堂才彦,多少知音。醉濡兼毫尺二,花笺上,谁扫千军?归来好,团圞明月,端正照千门。

2002 年

浪淘沙·赤壁怀古

骇浪扑天门,射虎屠鲲。曹周江上赌乾坤,一炬顿焦兵百万,裂土三分。　　往事付流云,古国开新。巡天穴地去来频。重铸金瓯花世界,物我同春。

2002 年

浪淘沙·赤壁诗会感赋

大纛舞长空,诗国腾龙。京华当日聚文雄,铁板铜琶豪唱发,旭满天东。　　赤壁正春浓,酽绿娇红。名流百辈气如虹。竞为江山生面出,吟上高峰。

2002 年

临江仙·木府

玉殿琼宫霄汉上，奎章凤阁峥嵘。天桥复道卧长空。龙行沧海水，民庇一方宁。　　霸业煌煌青史在，木公千古英名。中原礼乐播芳馨。江山留胜迹，继起有鲲鹏。

2002年

水调歌头·玉龙雪山颂

峻极九天上，横耸十三峰。矫矫玉龙飞舞，奇伟冠寰中。远引雪原青藏，直控湄河峡谷，万壑此朝宗。亘古冰川道，拥出水晶宫。　　划阴阳，遮日月，转鸿蒙。为霖行雨兴雾，磅礴亚之东。凝结两间元气，开启文明南服，赞育有神功。世纪开生面，锦绣丽江红。

2002年

水龙吟·虎跳峡

浑如万马冲腾,银潢倾泻惊涛转。劈开雪岭,凿通千嶂,轰雷掣电。虎跳神门,龙拿沧海,金沙天险。是中华毅魄,雄风烈概,移山志,于斯见。　　最是宏图规远,截苍流,坝横天半。他年试看,沉山造海,伟观惊现。铁塔摩天,光明普照,山家深院。待沧波濡笔,高歌礼赞,丽江伊甸。

2002 年

减字木兰花·雨中登鹳雀楼

风豪雨快,洗出青苍新世界。诗侣欢游,极目关山紫气浮。　　辉煌楼宇,气象天开谁比数。岳色河声,掷笔曾教神鬼惊。

2002 年

减字木兰花·永乐宫抒怀

仙真洞府,恍见祥云回鹤驭。庙貌千年,胜迹朝元宝绘鲜。　　轻车飞快,穿过飘香瓜果海。文采风流,白发红妆共畅讴。

2002 年

减字木兰花·壶口观瀑

惊雷滚地,万马千军齐辟易。倒转银潢,金瀑腾烟向海洋。　　昆仑一派,莽莽神州新气概。河岳英灵,刮目中华伟业兴。

2002 年

减字木兰花·蓬莱阁

烟云淡荡,海气葱茏呈万象。岛屿嵯峨,澜翠千重拥碧螺。　　轰雷掣电,豪雨天风惊百变。黉舍多才,把臂蓬瀛顶上来。

2002 年

减字木兰花·养马岛

秦皇牧马,万驷连云天际下。横海平辽,杨仆楼船狎大潮。　　忘机鸥鸟,人世沧桑堪一笑。放浪形骸,风雨飞舟击汰来。

2002 年

减字木兰花·镇江吟

登临北顾,衮衮诸雄争射虎。第一江山,波壮峰奇旭照圆。　　金焦两点,隔岸钟声浮梦远。新厦摩天,绝代风姿百样妍。

2002 年

满江红·贺广州诗词学会成立二十周年

几朵南枝,便漏洩春风消息。浮丘上,早梅初绽,冰姿的砾。铁骨最宜邀密雪,丹心本自烘朝日,有奇香一夜遍天涯,春潮急。　　升平世,文章伯,横大纛,中天立。喜五星并聚,俊才鳞集。淑气渐回花万树,吟俦已筑坛千尺,正挟风激浪怒飞时,挥椽笔。

2002 年

摊破浣溪沙·南山荔枝

艳说名园号荔香,丹砂千万露新瀼。颗颗圆莹光的砾,胜明珰。　　漫道骊宫妃子笑,长怀岭表髯苏狂。日啖枝头三百粒,恋仙乡。

2002 年

摊破浣溪沙·赠北如

诗海名传小孟尝，宏才雅量气轩昂。我不负人宁负我，更难双！　　新筑松涛听瀑韵，平章庶务至公堂，小试牛刀觇气象，叹汪洋。

2002 年

减字木兰花·雪中游五台

天花怒放，佛国真王呈瑞相。法雨纷纷，接引红尘向道人。　　灵山咫尺，初祖流沙遗履只。愿力无边，狮吼云霄震大千。

又

祥云万朵，唤起诗情谁与和？俊友清才，一路歌吟到五台。　　千幢宝刹，瑞气氤氲金玉阙，天上人间，礼拜文殊布道山。

2002 年

海滨杂咏

眉峰碧·北戴河道中

错愕昏黄月,扰攘京城阙。夤夜驱车接淅行,漫作个、钓鳌客。　　向晓云初白,沆瀣清而冽。海气苍苍北戴河,长风为我张天乐。

行香子·战非典

癸未初春,绿草如茵。恶褐起,粤海之滨。张狂疠气,万马齐喑。正萨斯发,民斯困,劫斯深。　　围歼二竖,令下京门。厉风雷,辟易千军。白衣万队斩魔根。看回天手,冲天志,旱天霖。

虞美人·浪石

茫茫沧海云无极,山骨波心立。嵯岈崩豁势凌空,潮窟漩巢吞吐亿年风。　　娲皇五色炉中石,灵气蓬蓬出。未须辛苦补苍穹,笑隐浪花深处自从容。

西江月·渔阵

海气沉沉云暗，机声突突船飞。百重银网浪心垂，驰逐渔郎队队。　　曙色天边炫彩，涛头礁岸轰雷。轻舟摆荡趁潮回，捞得几多虾贝。

水调歌头·波光

平生山水兴，最爱海汪洋。天赋神奇灵妙，媚悦百川王。拂面风云潡荡，极目星辰璀璨，大块焕文章。万里稽天水，熠熠闪奇光。　　初阳曜，火云起，彩波长。蜃楼梦中犹记，天外弄辉煌。待得清宵月满，驱遣鼋鼍精怪，潮阵接银潢。此乐应无二，未让髯苏狂。

最高楼·拾贝

轻涛拍，风荇乍浮沉。鸥戏海天春。形骸脱略狂诗客，沙间重拾少年心。晓风徐，波绉绿，日熔金。　　好去向、银滩寻彩贝，浑胜似、梦中天花坠。情浩荡，意欢欣。何消苦觅明珠颗，壳中转得大千轮。试擎将，明月下，听潮音。

2003 年 5 月北戴河

金人捧露盘

——毛泽东诗碑下作，后廊有始皇、魏武、唐太宗诗文，因便及之

辟鸿蒙，开巨浸，掣长霆。妙相现，仙界蓬瀛。吞天沃日，讶连空、雪浪卷沧溟。布云兴雨，作甘霖，泽沛群生。　秦皇石、曹瞒赋，唐主颂，各峥嵘。瞻望处，犹凛威灵。秋风碣石，更毛公、椽笔扫千兵。喜江山统，新局振，万国都惊。

喜迁莺·望星云

临大海，望星云，沙数浩难寻。爱因斯坦释迦尊，谁解去来因。　传黑洞，天开孔。噬万类，无遗种。劫波千度过来身，一笑付微吟。

谒金门·神州号飞船

冲天戟，神箭破空飞出。吐火轰雷光历历，去来如电疾。　漫诩羿弓神力，徒说姮娥灵迹。崛起中华惊九域，地天唯所适。

好事近·咏纳米

物理本无端，圣哲苦相参格。纳米藕丝微末，现大千形色。　　能教机舰隐无踪，磁电眼全黑。滚滚浪潮新涌，最神通奇绝。

一剪梅

李克谦先生危病中托福有诗家觅一剪梅词，五年始遂遗愿。来电索词，因步曲园老人原韵付之。

词客生涯漫自夸，手莳桑麻，心寄烟花。偶拈韵字亦无差。出入陶家，品赏云霞。　　绝响相寻路苦赊。上索羲娲，下泛浮槎。悲情宿愿付铜琶。水月清华，独对楞伽。

2003 年

楼居记趣（四首）

临江仙·水族箱

何处长房妙术，移来水殿琼宫。缩将万象入壶中。塔亭随佶屈，变衍任鱼龙。　　伴我书痴晚景，爱它光影玲珑。神驰庄惠辩无穷。濠梁传妙喻，今古仰高风。

临江仙·吟诗

不梦玉堂金马，漫劳按拍挡筝。小斋孤耸廿层登。月华清入户，照壁箧书盈。　　志业徒余负负，鬓毛只剩星星。炉香一炷一杯茗。秃毫轻掷去，哦咏发高声。

西江月·莳花

自在向阳楼舍，清幽翰墨人家。朝飞暮卷对云霞，更着丹青书法。　　种竹牵萝绿满，分香活色红奢。一壶晓汲灌群花，逗弄春光无价。

西江月·布老虎

巧手谁裁布虎，双睛瞪得溜圆。头挨肩蹭紧相连，种种娇憨活现。　　才欲掉头离去，忽而耳畔厮缠。心心相印两无间，岁岁年年长伴。

2003 年

南乡子·自题诗集示黄君弟

南楚秃书生,渤海湾头看日升。六十年间风更雨,程程。又踏残花掉臂行。　　诗兴寄余情,漫揭蛮笺写性灵。安得池塘寻梦草,英英。奇句哦成共子听。

2003 年

浪淘沙·常德诗墙

沅水芷兰香,波碧云长。风樯冉冉鹭鸥翔。好约灵均招帝子,共醉秋光。　　十里矗诗墙,壮伟辉煌。精光上彻斗牛傍。毅魄骚心凝铸就,今古无双。

2003 年

水调歌头·载人飞船发射成功

圆了千年梦,戈壁响长霆。酒泉载人飞箭,瞬息破青冥。绕遍两间三界,惊动五洲万国,放出大光明。此是炎黄魄,天外舞飞龙。　　夸父逐,后羿射,月娥升。问天更有屈子,传说总难凭。喜看中华奋起,独创顶尖科技,赶日更超星。万象云霞灿,国运日蒸蒸。

2003 年

最高楼·中华颂

光明顶，珠岭耀天西，高峻作坤维。北南两戒环华夏，江河夭矫滚云雷。带长城，连五岳，锦成堆。　　启地秘，爆灵光八卦，聚紫气，焕卿云罨画。横六合，造精微。神明黄胄千千祀，英文烈武永无涯。占鳌头，宏改革，奋龙飞。

2003年夏

唐多令·柳州龙潭公园

何处赏高秋，乘风下柳州。万奇峰、襟带江流。渺渺澄波萦绿玉，流不尽，是清幽。　　风雨小桥头，凉风拂面柔。画屏开，妙景盈眸。好共秋光携彩梦，轻弄影，岛中游。

2003年

减字木兰花·为青年诗会作

南天爽气，金紫秋光图画里。目送宾鸿，澎湃心潮与海通。　　吟坛急鼓，百辈词流才济楚。头角峥嵘，掷手惊雷雹雨声。

2003年

减字木兰花·立冬前夕京门雷雪大作

电光阵阵,冬至阳生雷滚滚。六出奇花,京阙银妆千万家。　　飞龙夭矫,国步民心端正好。气象无边,喜兆来秋大有年。

2003 年

减字木兰花·廊坊赞

京畿拱卫,崛起新城天下美。千古名邦,紫气云屯接海洋。　　科工农贸,联接全球精且俏。绿艳红稠,别样风情誉九州。

2003 年

减字木兰花·文艺中心

琳宫胜景,弹指楼台云弄影。缥缈湖光,异草瑶花簇画廊。　　三生有幸,词客相携来梦境。拥鼻轻吟,寸寸山河寸寸金。

2003 年

鹧鸪天·勃兰特

勃兰特为反法西斯斗士。任德国总理亲至奥斯维辛营，下跪谢罪，举世震撼。

一跪真教天地惊，堂堂君是大豪英。能干四兆冤魂泪①，别启千钧手足情。　　无己虑，致公平。爱心救赎感精诚。百年消尽兵戈气，欧陆江山万类亨。

【注】
① 四兆句：指四百万被杀犹太人。

2004年

南乡子·读西贝柳斯传

西贝柳斯为芬兰作曲家。1899年所作《芬兰颂》，鼓舞民众赶走沙皇统治，得以复国。

百载陷懵腾，亡国山川冷似冰。北极健儿宁久默，铮铮。奋起屠鲸射虎英。　　一曲彻天庭，铁拨鲲弦动地鸣。雷爆潮轰掀巨浪，蒸蒸。国运新开万代惊。

2004年

减字木兰花·首届诗歌节感赋

煌煌诗国,吟运新开天地阔。采石矶边,鱼跃鸢飞竞管弦。　　名流鳞集,架海梯山传彩笔。铁板红牙,艺苑星河绽万花。

2004 年

踏莎行·丁玲颂

澧泽幽兰,山阿帝女,湖湘佳气钟如许。奇才异质妙难侔,骚心耐得千般苦。　　小姐文章,将军武库,当年早获高峰顾。浮沉诽誉百般磨,清名自足传千古。

2004 年

踏莎行·粥时颂

湄水流香,珠山焕彩,地灵人杰神仙界。龙驹落地便腾骧,序贤堂上鸿文在[①]。　　乞火俄京,燎原山海,雄师百战长传凯。骆驼坚忍智难双,手扶暾旭乾坤改。

【注】
① 序贤:学校名,粥时发蒙于该校,文章陈列堂中。

2004 年

踏莎行·汉寿诗协五周年

泽畔行吟,平林烟织①,骚坛词苑开新页。灵均太白耸双峰,文光照彻天南北。　　五载耕耘,无边春色,湘兰沅芷香清冽。喜揩老眼望家山,奇云万叠盈诗国。

【注】
① 平林句:平林漠漠烟如织,李白《菩萨蛮》句,作于汉寿沧水驿。

2004 年

减字木兰花·甘肃河州东乡族赞

大山怀里,练出东乡真汉子。模勒场中,旗手扬鞭迅似风。　　迷人鸡尾,平伙、炮台香且美。西望河州,卅万英男与俊妞。

2005 年

忆江南·忻州赞（五首）

（一）

忻州好，灵境五台奇。一夜北峰飘夏雪，千幢宝刹焕慈晖，红紫遍山隈。

（二）

忻州好，苍莽雁门关。猿臂射生思李广，抗倭浴血左公权，浩气薄云天。

（三）

忻州好，冰洞妙无穷。千百万年凝古雪，三冬九夏玉玲珑，盛世现龙宫。

（四）

忻州好，绝美有温泉。百道热流来地脉，一池春暖碧涟涟，戏水作神仙。

(五)

忻州好，人政两和通。阡陌纵横铺锦绣，尖新科贸日丰融，前景美如虹。

2005 年

减字木兰花·乾隆酒赞

道通天地，佳酿薰人浑欲醉。未及亲尝，鼻观先参大梵王。　　乾隆帝业，万里开疆轰烈烈。御酒珍传，造个人间伊甸园。

2005 年

减字减兰花·白石道人850诞辰

孤云野鹤，玉鉴冰壶清透骨。妙曲新翻，金轭龙车响珮环。　　飘零红萼，阑畔赤桥歌共哭。情圣词仙，别有人间浪漫天。

2005 年

减字木兰花·孟州韩祠

太行崿崿，门对金河波浪阔。胜地宏开，秀毓中华盖世才。　　囊封直奏，正气英风摇北斗。石破天惊，治国兴邦仗此声。

2005 年

踏莎行·龙溪诗会口占

狮岭干云，龙溪流玉，莺花微雨云间路。伏波神采记飞扬，骚人沅上曾凝伫。　　绝代风华，连云歌舞。深山鸾凤冲天翥。夜郎古国焕然新，八叉七步争相赋。

2005 年

水调歌头·《难老泉声》改版喜赋

表里山河壮，炎帝有威灵。华夏风流一脉，难老发奇声。汇聚八方才俊，挝响震天鼍鼓，凛凛作雷鸣。时代开生面，万象日峥嵘。　　尧之都，舜之壤，禹之廷。移山猛志长在，百代著精诚。好奋垂天双翼，击起巨澜千丈，直上薄青冥。凤翥丹山外，文采八方惊。

2006 年

减字木兰花·《中华诗词》出刊百期

娉娉袅袅,一十三年春正好。百卷刊成,多少青灯白首情。　　莺飞草长,绿润红妍成俊赏。香遍天涯,者是吟坛第一花。

2006 年

南乡子·黄兴颂

万古仰真雄,湘楚英灵间气钟。武烈文昌光海宇,轰隆。岗上黄花映血红。　　首义建奇功,揭地掀天震亚东。扳倒帝王封建制,瞳瞳。矫首神龙上远空。

2006 年

虞美人·安乡诗词学会成立

奇才异质知多少,浩浩清波渺。南中佳气望如云,珊泊湖边多少采珠人。　　楚骚一脉传千古,阴范双龙虎①。新声句句蕴奇瑰,诗会安乡高咏响如雷。

【注】
① 阴范:阴铿、范仲淹皆曾居安乡。

2006 年

虞美人·奉题《倚声次韵集》

河山间气原无了，漫道才人少。韩讴苏曲飑新风，喜见清吟娓娓秀南中。　　长桥铁堡依前在，英概何曾改。灵犀一点解闲愁，唤起诗情浩浩向天流。

2006 年

临江仙·重游洞庭

塞北天南行遍，归来万里吟身。南湖重到倍相亲。平波莹似玉，皎洁楚骚魂。　　湖畔萋萋芳草，江干佳木连云。山川灵气日开新。文源昌百代，光焰夺星辰。

2006 年

水调歌头·海峡两岸诗家游永定土楼

谁种奇花朵，采采有光鲜。红尘隔断千丈，怒放万山间。历尽癫风猛雨，不改天然本色，伊甸现奇观。此是中华宝，香透百重关。　　草芳菲，竹青翠，石巑屼。衣冠魏晋应似，一脉接桃源。杖履相陪诸老，携得海东仙侣，清兴浩无边。咳唾成珠玉，卓笔起云烟。

2007 年

减字木兰花·永嘉山中赠友

层峦叠嶂，四面屏山开气象。饮沆餐霞，清气澄鲜处士家。　　晨钟暮鼓，俗谛尘心清也否。怎得忘它，一朵优昙佛国花。

2007 年

鹊踏枝·步草莱教授韵

天上双仙攀渚柳，折简飞来，灵鹊声先透。句句清圆音滴溜，晶光闪闪疑星斗。　　何必青娥舒彩袖，网上弦诗，雅胜熏风奏。随分杯盘添蒜韭，三家酒约清明后。

2007 年

又和·参加作协联欢有感

七十流年风过柳，一缕秋阳，穿户光斜透。乐趁时新随大溜，愧无妙笔摇星斗。　　喜见良朋诗满袖，玉佩叮咚，恍似阳阿奏。快饮高谈亲剪韭，不辞学步随人后。

2007 年

附 草莱原唱

汉口流萤榕地柳，龙阙影珠，云聚凉初透。深峡穷源观石溜，西溪返照迎星斗。　　夜宴传杯香袭袖，才说游踪，倏忽骊歌奏。何日当筵重剪韭，相期更待梅开后。

临江仙·东海洞头岛眺远

谁洒明珠东海上，奇珍一串晶莹。七桥八岛彩云横。无双真国色，仙界睹娉婷。　　百战江山成乐土，沙滩画舸华灯。崇楼远眺意飞腾。凭谁支短笛，裂竹奏无声。

2007 年

南乡子·芬兰圣诞老人

世外说桃源，圣诞阿翁拉普兰。出入烟囱传好事，甜甜。异果香花到枕边。　　北极筑家园，麋鹿天鹅雪橇连。比似中华迎灶日，阗阗。鞭炮芽糖过大年。

2007 年

踏莎行·陪沈鹏、刘征诸老阳朔观刘三姐印象演出

开合云雷,缤纷万象,钧天广乐来天上。五洲宾客仰头看,神光异彩真无两。　　织女穿梭,渔郎撒网,刘家三姐娇模样。碧莲峰是古仙源,江风浩浩传清响。

2008 年

太常引·戊子中秋陪马凯、沈鹏诸公雅集口占

满城歌管报中秋,奥运最风流。圣火接天浮,更喜气、充盈九州。　　经纶巨手,书林泰斗,诗苑骋骅骝。文酒乐悠悠,庆人寿年丰国休。

2008 年

减字木兰花·陪岳琦诸公游天池

千山发脉,虎踞龙蟠天极北。三水源头,挽下银河作瀑流。　　倾盆急雨,涤尽缁尘游洞府。圣洁天池,虹影波光绝世奇。

2008 年

减字木兰花·己丑元宵贺福有

神牛抖擞,犁破层冰春意透。月满瀛洲,礼炮烟花喜乐稠。　　金融海啸,北美西欧鸡犬跳。降得乖龙,出手中枢见大雄。

2009 年

减字木兰花·开远米轨通车百年赞①

虹桥骋目,车水马龙声踊跃。拔地参天,百丈高楼锦绣连。　　几行米轨,达海通江今百岁。猛轧深夯,现代新潮第一桩。

【注】:
① 米轨:百年前法人修滇越铁路,轨宽一米。

2009 年

千秋岁·悼孙轶老,用少游韵

掷毫天外,一扫阴霾退。尊国宝,护精粹。廿年勤垦植,宽尽腰间带。擎大纛、潮腾万里歌相对。　　长忆端阳会,九域来飞盖。欣觌面,缘长在。金刚钦百炼,矢志从无改。公去也,寸心千折泪如海。

2009 年

减字减兰花·得福有佳章，三叠为报

吟旌擞擞，爆破灵光天地透。白鹭仙洲，李杜诗才意叠稠。　　披襟长啸，叱起老蛟波上跳。未许骖龙，旗鼓还须角两雄。

2009 年

减字木兰花·游平谷溶洞天书

龙宫献宝，洞府天书春不老。精怪仙灵，四象三才百态生。　　星河绚彩，十七亿年光影在。变化鲲鹏，直上重霄国运兴。

2009 年

水调歌头·开远南洞行

远带燕山月，万里到滇南。触目烟霏水绕，一径造云巅。石窟天开宝境，壁立苍岩千仞，凛凛谷风寒。此是神州胜，容我片时闲。　　下幽窟，浮小艇，探仙源。陆离光怪，水晶宫里百龙蟠。我欲狂歌一曲，唤醒众灵酣睡，起陆看人寰。花满神州野，紫气透千关。

2009 年

水调歌头·六十国庆放歌

何处秋光好，绝美是京华。红紫百重香透，山水献清嘉。轮奂干霄楼阁，奇变广场图案，焰火灿云霞。六十庆开国，壮丽孰能加。　　排军阵，亮神剑，走兵车。风雷滚滚，乾斡坤转伏龙蛇。吐我如虹豪气，雪尽当年恨史，掷笔墨生花。共唱齐天乐，铁板响铜琶。

2009 年

最高楼·袁隆平赞

神农后，继起有袁公。大爱庇群生。芒鞋踏遍千峰顶，灵株觅得野生粳。一身泥，双泪眼，瘦伶仃。　　毒日下，水田躬耧耙。雪夜里，基因亲转嫁。除饿殍，殚精诚。绿云栽到天南北，米珠香满海西东。普人寰，歌盛德，赞奇功。

2009 年

最高楼·钟南山赞

千载后，又见活华佗。力挫萨斯魔。恶祲突起羊城下，片时席转海山阿。路萧条，人枕藉，鬼狂歌。　　有义士、拔刀横马出，探虎穴、只身擒障孽。亲定计，制颓波。放开信息全盘活，肉生白骨泽恩多。洒甘霖，除大劫，乐天和。

莺啼序·《全宋词评注》杀青感赋

高楼检书按谱,历冬春秋暑。十年梦,灯夕花朝,谙得多少甘苦。秃毫伴、盈盈白发,带衣宽尽向谁诉?拼余生掏取微忱,誓加评注。　　两万华章,一代绝艺,洵斯文魁楚。花柔丽,片玉秦郎,赋情销尽魂悸。奏黄钟,苏辛杰特,补天裂,龙飞狮舞。现华严、弹指门开,万千玄圃。

森罗万象,百啭奇声,赏音竟几许?策众力,访贤天远,汇水潮高,惨淡经营,稿堆梁柱。增删补葺,敲章衡句,鸡窗孤坐连昏旦,最难忘,远谒圭公府①。春风化雨,谆谆勉我攻攀,黯然一别终古。

年华易与,世路崎岖,叹半生萍絮。自愧对、家门亲老、学苑师朋,激奖扶持,多成辜负。从戎少日,黉门垂老,鸡林琼海行都遍,故乡情,松竹云泉慕。东风吹起骚心,一啸阊门,天还应否?

【注】
① 圭公府:唐老圭璋南京宅第。

2009 年

浣溪沙·新年喜雪，有怀栋恒将军

银粉妆成玉样天，冲融和气九霄连。琼花扑面不知寒。　　诗客鸡窗歌大有，将军虎帐计筹边。京畿万巷乐声喧。

2010 年元旦

喝火令·汨江旧忆

自分甘蜗角，何其识凤毛。萧斋顿觉五云高。莫道汨江清浅，分得海东潮。　　蜜意承青眼，兰情到彩毫。迷魂不用楚些招。只在清清江上绿杨桥，只在绿杨影里眉样月边梢。

鹧鸪天·回乡吟

如画家山胡不归，南仓墩里绣成堆。萤流如雨光萦野，碑老生苔绿到眉。　　山径竹，水边梅。游鳞喋喋逐人来。眼中犀角非耶是？布政堂边梦鹤飞。

临江仙·黄姚行

忆昔寻芳来古镇，横斜老木葱茏。画桥流水去匆匆。谁家横短笛，一曲杏花风。　　螺岫岚光飘满袖，红罗花海香浓。咚咚箫鼓动长空。桃源真个是，扶醉太平翁。

忆远人·梦游天台（自度曲）

素衣人自婵娟，春芳谢后莺声老。别离滋味，耳边钟磬，梦中青草。　　七宝楼台，九天花雨，篆香盘绕。待拈花证得，诗家三昧，灵山同笑。

八声甘州·为曲江丝路诗会作

溯姬定鼎镐京新，岁月历三千。叹秦皇汉武、隋唐八代，伟烈空前。更筑曲江仙苑，金碧焕光鲜。八百秦川壮，不二关山。　　勇辟丝绸古道，穿玉关漠北，陆海通联。化干戈玉帛，万里净烽烟。喜今朝，北辰正位，更同心，编得梦儿圆。新时代，万方齐力，共创新天。

减字木兰花·赠思明

风来八面，一路轻车奔似电。俊友重逢，哪计炎蒸七月浓。　　黔山奇境，隧道穿行恍似梦。诗兴遄飞，击节狂歌乐不归。

水调歌头·中秋登庐山

逸气轩眉宇，快步上庐山。眼里翠涛千叠，宝刹彩云环。携得酒徒诗侣，更着扫眉才子，举手叩禅关。诗兴浩如海，钟鼓演灵关。　　攀石径，穿溪谷，坐烟岚。人生夫复何憾，倦鸟也知还。收拾布囊书卷，伴得松风明月，跌坐静相参。惠子早知我，尘虑已全捐。

八声甘州·祖国颂

自羲黄相继奠邦畿，光耀五千年。领泱泱华夏，披荆斩棘，花满江山。更举文明火炬，点亮众心田。造化创奇迹，德沛人寰。　　青史勇翻新叶，看天安门上，红日如盘。更邓林风壮，改革竟飞船，喜今朝、北辰居位，耸大旗、万国仰头看。中华梦、百年圆了，万类同欢。

2019 年作

附篇 賦

雁栖湖会都赋

  大哉北京，神州天府。星分[①]箕尾，躔次[②]析木。辰居星拱，山河壮帝里之尊。海晏河清，朝野奏升平之乐。龙飞九五，轩黄于此建都。甘棠垂荫，邵公遂以立国。五千年政统相承，九万里车书混一。泱泱华胄，开万古文明之先河。煌煌圣哲，立百代人伦之极则。猗欤美哉，猗欤盛也。华夏之京都，人天之灵瑞也。

  京城直北，别有仙区。天设地造，曰雁栖湖。军都雄峰耸其后，长城古塞环其间。西接八陉之英气，东拥沧海之波澜。上谷麈兵，飞将军[③]威严永驻；深林高隐，卢尚书[④]亮节长存。地灵人杰，大美无垠。三面山岚奇彩，一湖碧水天光。华舟动而清歌起，月影移而舞袖长。杂花生树，绿草如茵。山泉汩汩而流玉，鸣禽恰恰而闹春。放眼京畿成独胜，岚光呼吸水清酣。隔断红尘千百丈，瑶台真个现人寰。此则雁湖之大观也。

  夫有盛德大业者，必营建华台伟厦，以广其福泽，壮其威仪。垂范万方而推动文明之进步。如文王之灵台，刘汉之未央，李唐之昆吾御宿，朱明之燕京营造。以及清之圆明与承德山庄，皆不世之伟业，人类文明之骄傲也。

[①] 星分：古人以地上域名，对应天上星辰之称谓。
[②] 躔次：星辰运行的轨道。
[③] 飞将军：李广之别号。曾任上谷太守，与匈奴于怀柔一带接战无数。
[④] 卢尚书：东汉卢植。曾退隐怀柔军都山中。

新中国成立至今，筚路蓝缕，六十余载。改革开放以来，经济腾飞，生民康泰。为彰显大国之雄风，弘扬中华之文化，促进世界之和谐发展。遂择胜地于雁湖，征英才于四海。聚珍宝于五洲，圆梦想于当代。乃营建世界极品之园林会馆，以为亚太经合会之献礼。此诚太平之盛典，空前之壮举也。

夫雁湖会都之大美，厥有四端。一曰理念之优胜，二曰建筑之宏伟，三曰文化之厚重，四曰影响之深远。

会都之设计，以尊重自然为前提。片石只木，未可轻移。湖山之走势，生态之气场。山水之融结，宝塔之位方。皆彰显传统，讲究风水。天人合一，两全其美。低碳节能，环保为先。杜绝污染，呵护蓝天。留住候鸟，筑巢三千。涵养水源，永保澄鲜。净化湿地，鱼鸟腾欢。仕女之步春兮，牵风荇带；健儿之滑雪兮，雷奔电快。湖垣佳景兮，杨柳楼台。杂花缤纷兮，石绣青苔。生机满眼兮，鱼跃鸢飞；万象欣欣兮，日月流辉。人间之乐土兮，五洲之奇迹。中华之新貌兮，神奇谁比。

雁湖之建筑兮，伟丽无双。堂墅星罗兮，六合腾光。碧波环绕兮，天心之岛。翡翠一叶兮，地之灵宝。楼台高耸兮，紫气盈天。中心会堂兮，伟岸庄严。大鹏展翅兮，飞扬汉唐。檐牙高啄兮，心角开张。梯山航海兮，有凤来仪。万方宾会兮，和乐怡怡。暾日饭店兮，湖岸之东。琉璃造就兮，水晶龙宫。朝拥云霞兮，暮拂清风。吉人之居兮，欣悦无穷。元首别墅兮，十二星辰。绿围红绕兮，御气葱茏。万机日理兮，广布甘霖。声教远被兮，人文化成。龙飞宝塔兮，雄峙南山。九层八面兮，上参青天。吐纳风云兮，时代坐标。祥光普照兮，怒涌新潮。

码头院落兮，虹桥天外。岛上机坪兮，直通三界。云霞蒸蔚兮，妙景天成。张衡尽其巧兮，鲁班尽其能。瑶台逊其丽兮，玄圃逊其精。巅峰建筑兮，华夏灵光。人间奇迹兮，百世其昌。

雁湖文化兮，悠远荣光。英文巨武兮，亘古辉煌。怀柔之名，出自《周颂》。"怀柔百神"，武王之命。怀柔立县，肇自贞观。以德施政，四海同欢。神山邹庙⑤，湖之东邻。吹律寒谷，洒遍阳春。城西钓台，共工⑥贬所。英风烈烈，奸宄胆破。红螺在望兮，古刹千年。名动天子兮，灵光巍然。奇山秀水兮，誉满大千。佳章妙句兮，响彻星躔。唐贤苏拯，首开"邹律"之章。元人祖常，接响"谈天"之唱。唐顺之登城而述怀，查慎行"过檀"而寄怅。王世贞、李梦阳之妙句，朱之藩、吴景果之佳篇。并增色湖山，至今流传。

至若清初诸帝，雅擅吟事，巡行所经，恒有佳句。康熙、雍正，玉振金声。弘历继之，大气云横。乾隆《怀柔县诗》云："山围古郡富耕桑，此地前朝是战场。四海怀柔原在德，由来礼义固金汤。"大哉斯言，真可与日月同光，山河永寿者也。

至于斯会之意义，世运攸关。全球瞩目，任重泰山。

2014兮，岁次甲午。天马腾飞兮，气雄寰宇。改革开放兮，国富民强。携手亚太兮，群飞凤凰。二十一国兮，会盟元首。紫气东来兮，光弥星斗。下榻北郊兮，山水仙

---

⑤ 神山邹庙：邹衍庙在神山，传说曾于寒谷吹律，唤回阳气。邹衍，战国阴阳学派创始人。

⑥ 共工：舜贬共工于幽陵，即军都山。怀柔有钓鱼台城，传为共工栖息之地。

乡。清风徐来兮，白云满窗。会场恢宏兮，聚汇风云。王者居之兮，整顿乾坤。经纬天地兮，顶层设计。管控分歧兮，和平互利。发展经贸兮，尊重主权。消除壁垒兮，保障安全。绿色环保兮，科技领航。平衡生态兮，协和万邦。雁湖盛会兮，世界舞台。历史拐点兮，继往开来。百族欢腾兮，击鼓撞钟。兆民奋力兮，共建大同。我歌我赋兮，赞颂休明，宏图大展兮，福德无穷。

2014 年

鲲鹏赋

——运20礼赞[①]

中华初祖兮，黄帝轩辕。精武开国兮，仁德安边。五十五战兮，殄灭蚩尤，华夏一统兮，百善乃猷。九万里金瓯整整兮，五千年礼乐悠悠。人间之乐土兮，举世其谁俦？

爰及近代兮，国运沉沦。瓜分豆剖兮，外夷入侵。物极必反兮，奋起毛公。井冈星火兮，燎原横空。奠都北京兮，大振雄风。百族同心兮，六十六载。团结拼搏兮，天翻地改。超英赶美兮，经济腾骧。一带一路兮，泽沛万方。

堆出于岸兮，流必湍之；行高于人兮，众必妒之。霸主张狂兮，横行南海，小丑跳梁兮，钓岛私买。尧疆舜土兮，何可掠夺；列祖坟茔兮，岂容亵渎。

修我戈矛兮，整我金甲；完我坚盾兮，谁敢侵伐。磨我利器兮，作国干城。利器为何兮，厥惟鲲鹏。

夫北溟之神物兮，厥有长鲲。化而为鸟兮，名为大鹏。击浪三千里，腾空九万程。举国倾全力，大运名20，十年磨一剑，威稜天地惊。

伟哉大运，国之重宝。科技奇迹兮，炎黄独造。三维标注兮[②]，弯道超车。移山扛鼎兮，力冠天涯。鲁班尽其巧兮，墨翟毕其功。胖妞尽其力兮，玄黄掌握中。腹大能容兮，藏攻城之木马。舱坚聚杰兮，伏勾践之奇兵。环球布控兮，出万队之貔貅；动力冲天兮，逞百五之千牛[③]。杀机天发，收起陆之龙蛇；玉宇澄清，享太平之岁月。群魔慑服兮，百禄齐臻。九州和协兮，高潮腾涌。飞歌万里兮，物我同春。

迅哉大运，绝技无双。速度第一兮，负重最强。耗油绝少兮，自动导航。百般磨砺兮，飞出凤凰。青年团队兮，灵光万丈；涡扇独创兮，自家心脏。液压管控兮，消除故障。电火飞流兮，顷刻千里。巡天跨海兮，谁其敢比。工艺崭新兮，弹指天涯。兵器运送兮，精准无差。遥控发射兮，天衣无缝。犁庭扫穴兮，丑类灭净。扬我神威兮，电闪雷奔。霸主敛其焰，走卒失其魂。"东风"初试射，定海作神针。

雄哉大运兮，神变无穷。天空一体兮，三界流通。油巡海岳兮，电闯太空④。金鹏展翅兮，扑杀苍龙。多样平台兮，预警八面。量子探索兮，独开天眼。魔障现形兮，发我神弩。顽敌就歼兮，孰敢予侮。抗干规避兮，可策万全。军民两用兮，捷报连连。空气净化兮，世界尖端。人造森林兮，一枚芯片。负氧离子兮，百十千万。回芳转绿兮，霾雾都捐。

仁哉大运兮，法天行道。君子不争兮，安邻友好。舜舞干戚兮，有苗来格。万隆会议兮，五条原则。洋本太平兮，和乐雍容。强邻逞霸兮，搞再平衡。机舰侵扰兮，恣为猖獗。蚀我海疆兮，如何了得。乃造杀器兮，火箭千群。兆民奋起兮，保卫和平。老有所安兮，幼有所养。万类熙熙兮，自由成长。

以武禁乱兮，以仁育祥。中华圆梦兮，福祉无疆。我歌大运兮，和平之光，我祝东亚兮，百吉致祥。

【注】

① 此文蒙韩倚云女士提供并核对资料，特此鸣谢。
② 三维标注，一种快速定型的设计方法。
③ 千牛，计算力量的单位。
④ 油巡、电闯，大运在大气飞行用油，进入太空改用电力。

附录 诗论

屈原的首丘情结及屈氏封地考略

屈原是我国历史上最伟大的诗人，同时又是一位杰出的思想家、政治家与渊博的学者和理想主义的斗士。他以自己的生命与无与伦比的才华谱写了堪与天地齐寿、日月同辉的诗篇。这些伟大的著作不仅生动地展示了那个缤纷万象的时代全景，更把它净化和提升到一种崇高的境界，成为华夏文明的原典之一。比如充溢于其皇皇著作之中的爱国情怀、忧患意识、科学思维、献身精神以及独立特行的人格魅力与刚毅勇决的尚武风采，都已积淀成一种强大的传统与潜意识的力量。历千秋百代，不断滋润、哺育和鼓舞我们中华民族乘风破浪、自强不息，永立于世界民族之前列。

本文拟对屈原的首丘情结及屈氏封地作一些考查，并以就正于诸位方家。

（一）

在楚怀王二十八九年间，郢都发生了庄蹻兵变的大动乱①。备受排斥的屈原，同广大百姓走上了流亡之路。经过漫长的漂泊后，来到陵阳（今安徽黄山太平）②开始了九年的江南苦旅，他在《哀郢》末章写道：

> 曼余目以流观兮，冀一反之何时。鸟飞反故乡兮，狐死必首丘。信非吾罪而见逐兮，何日夜而忘之。

他在诗里第一次使用了"狐死首丘"，这一个沉哀入骨的艺术形象。首丘，即把头挪向出生的丘穴。意味着不忘根本。虽狼狈至死不能归，犹且首向此丘。可谓惊心动魄！不知感动了多少仁人志士、天涯游子。班超在其上皇帝疏中云："臣不敢望到酒泉郡，但愿生入玉门关……太公封齐，五世葬周。狐死首丘，代马依风……小臣能无依风首丘之思哉。"奏上，便获准从西域归返故乡了。屈原的故土之思是那样深沉执着、悱恻感人。请听下面的讴吟：

　　受命不迁，生南国兮。
　　深固难徙，更一志兮。（《橘颂》）

这是他的少年情怀的流露。

　　羌灵魂之欲归兮，何须臾之忘反。
　　背夏首而西思兮，忘故都之日远。（《哀郢》）

这是他流放中的悲情实录。

　　茫茫江水兮上有枫，目极千里兮伤春心。魂兮归来，哀江南。

这是他暮年的怀乡哀吟。这种刻骨铭心的家国苦恋，在那个朝秦暮楚、处士横议、游说各国、唯名禄是求的混乱时代，显得那样芬芳高洁，卓尔不群。屈原虽备受打击，九死一生，仍初心不改，始终一节。甚至当他沉浸在高驰云路的幻境，即将进入辉煌的"天门"时，仍不能忘情故土，而义无反顾地回到让他受尽折磨的家国来：

> 陟升皇之赫戏兮，忽临睨夫故乡。仆夫悲余马怀兮，蜷局顾而不行。

首丘之恋，仆马同怀，何其感人如此！近代诗人钱名山有诗云："饮沆含霞意自哀，三闾情种不仙才。远游已涉青云上，犹为家乡掩涕来。"③眷系苍生家国，虽九死其犹不悔，这就是屈原诗作最耀眼的奇辉，也是他留给我们最宝贵的精神财富。中华民族之所以百折无回，万难不屈，永远打不散、折不断、摧不垮，就在于她有巨大的凝聚力、自豪感与团结心。而屈原的作品，正是这样一个光热无穷的"磁场"，给了我们无尽的力量。

（二）

那么，屈原如此酷爱的"首丘"在哪里？这是个争论了两千年的问题，汉寿出土的楚国文物，丰富而多彩，令人眼界大开，不得不重新思考，以求得更合理、客观的答案。关于屈原的故乡，主要有以下几种观点：

一为王逸的鄢郢说。王逸是《楚辞章句》的作者，又写了歌颂屈原的《九思》。其《逢尤》云："逸与屈原，同土共国。"在《遭厄》中云："攀天阶兮下视，见鄢郢兮旧宇。"王逸家今属湖北宜城，春秋时为楚都，亦称鄢郢。但此说在屈原作品中找不到痕迹，也缺乏有说服力的旁证。可谓孤证。王逸东汉后期人。宜城与江陵，当时同属荆州，皆古楚国之地。其"同土共国"云云，乃从广义立论，似乎还有点攀附先贤的意味。

二为袁山松之秭归说。郦道元在《水经注》中引东晋《宜都山川记》云："'秭归'县东北数十里有屈原旧田宅……县北一百六十里有屈原故宅，累石为室基。名其地曰乐平里。宅之东北六十里有女嬃庙"。但此说连引用者郦道元氏当即有疑："余谓山松此言，可谓因事而立证，恐非名县之本旨矣。"通观楚国历史，秭归本夔子国邑。《路史·国名记》云："夔子，熊挚治，多熊姓。今秭归城东二十，有故夔子城。荆州记：秭归西，有杨城。即绎孙所居。"是其受封远早于屈瑕。后以不从楚命，于"鲁僖公二十六年"为楚所灭，明载于《春秋》中。绝无复为屈氏封邑之理。可见秭归为屈瑕封邑说，于史无据，不可从。

三为江陵说。江陵，即郢都。屈氏作为楚之"著封"，世代袭官居郢，是理之必然。东方朔《七谏·初放》④云："平生于国兮，长于原野"；在《七谏·自悲》中亦云："悲不反予之所居兮，怅离予之故乡。鸟兽散而失群兮，犹高飞而哀鸣。狐死必首丘兮，夫人孰能不反其真情。"东方朔为武帝时人，去屈原不过百余年。在其纪念屈原作品中一再申说，自有很大权威性。而且，他的观点在屈赋中得到有力印证。如："去故乡而就远兮，遵江夏以流亡。出国门而轸怀兮，甲之朝吾以行"（《哀郢》）又云："有鸟自南兮，来集汉北……惟郢路之辽远兮，魂一夕而九逝。"（《抽思》）再云："魂兮归来，入修门些……魂兮归来，反故居些。"（《招魂》）这里说的修门，为郢都三门之一。内证、外证，如此确凿明白，谈及屈原生地，这是个必须回答的问题。

四为湘沅说。屈原与湖南的关系，千丝万缕，密不可分。无论其作品所述，史籍所记，民俗所传，遗址所存，都充分证明了这一点。这是不容怀疑的。那么，他的故乡或出生之所，是否可确指为湖南某山某水呢？截止到目前，能证明这一点的材料，仍嫌不足。但这并不表明屈原的首丘情结与湖南无关。恰恰相反，屈原心中的首丘，湖南是第一位的。最有力的证据是他的行动。屈原在《哀郢》中发出"狐死必首丘"之浩叹后，不久便开始涉江而南的远行。间关数千里，历时近二年。他发自陵阳，过鄂渚，横梦泽，济江湘，经沅澧，入溆浦，复出龙阳，折返长沙而自沉汨罗。这乃是他极清醒而从容的抉择。是践行他追随彭咸，毕命清流以归死首丘的宿愿之举。

大量事实证明，环洞庭湖区的山山水水，乃是屈原心灵的圣土、精神的家园。无论少年、中岁与暮齿流离，都留下了深深的印迹。比如其少作《橘颂》："嗟尔幼志，有以异兮，独立不迁，岂不可喜兮……秉德无私，参天地兮……年岁虽少，可师长兮。"又云"受命不迁，生南国兮"。王逸注："谓江南也，……言橘受天命，生于江南，不可移徙。"高士奇《春秋地名考略》云："自荆楚以南，皆楚谓之江南。"则明指湖湘地区。至今岳阳君山尚有"橘园"之名。成于中年的代表作《离骚》亦有："济沅湘以南征兮，就重华而陈辞……百神翳其备降兮，九疑缤其并迎。"时年不到四十，故有"及余年之方壮兮，周流观乎上下"诸语。《离骚》中还提到"奏九歌而舞韶兮，聊假日以娱乐"之语。更表明《九歌》中提到的沅芷澧兰、岑阳极浦云云，都是他青春吟脚的纪录。至于

《涉江》所述："哀南夷之莫吾知兮，且余济乎江湘……朝发枉渚兮，夕宿辰阳……入溆浦余儃徊兮，迷不知吾所如。深林杳以冥冥兮，猿狖之所居"等等。则是其暮年悲吟的铁证了。正是这方神奇的水土，陶冶了他廉正的性格，激发了他旷世的才情，支撑了他崇高的理念，最后也为他生命的谢幕提供了一个辉煌悲壮的舞台。

（三）

屈原以沅湘为自己人生的归宿，当然还有深刻的历史渊源。因为这里曾是楚国的发祥之地，因为屈氏的封邑就在长沙岳阳地区。刘向在《九叹·思古》⑤中说："违郢都之旧闾兮，回湘沅而远迁。"这个"回"字，藏着玄机。即意味着返回到先祖居住的远方去。这是一。

其次，长沙又名"熊湘"。《方舆胜览》云："昔熊绎始封于此，故名。"唐张正言《长沙土风碑》亦云："遁甲所谓沙土之地，云阳之墟。可以长往，可以隐居……昔熊绎始在此地，番君因之。"再次提出这一点，张正言即张谓，中唐时人，官至侍郎，长沙郡守。言之凿凿，可补史之缺文。

再次，《岳州府志·临湘》云："临湘：古如城，汉下隽地。按县志：楚子城州屈，以居如人，即此。"则明指临湘乃是楚平王令薳射筑屈邑城堡之所。楚平王城州屈，事载《左传·昭公二十五年》："楚子使薳射城州屈，复茄人焉。"是楚平王十二年（前517）之事。"城州屈"，即为"州屈"筑城堡。州屈，即今之临湘。古亦称"如城"。因如山而得名。康熙二十四年之《临湘县志·如山故城》云："《水经》：江水自彭城矶东迳如山北……春秋楚子城州屈以居如人。"据《路史•国名记》：州，本姜姓国。(左传)桓公五年，州国公曾往曹国。《舆地广记》云：本在高密夷安城，周武王并之，遂迁江南，云云。可见"州屈"者，即以"州"地作为屈之封邑，地在"如山"一带。如山，即如矶。后更名儒矶。即今临湘之儒溪镇。附近有"夏浦"，即《哀郢》所云"过夏浦而西思兮"之地。《哀郢》又有"过夏首而西浮兮"之语。《汉书》注云："华容有夏水，首受江，行五百里入沔。"则夏首亦邻近临湘。可见屈子故里行吟之踪迹。按这里提到的"如山""如城"，即"如人"得名之由。"如人"，亦即《左传•昭公二十五年》"楚子使薳射城州屈，复茄人焉"的"茄人"。"茄"，古音属十七部(依段玉裁六书音韵表)⑥，"如"属五部，"加""霞"与"如""霞"互通。本一声之转，又"罗"与"加"同部，则"茄人""如人"，实即"罗人"。此处所言之"复茄人"，即将迁出之"罗人"重行迁回故地(楚文王时将罗人从枝江迁至汨罗)，可见"临湘"，实为屈瑕之封地。辖地包括今之汨罗一带。"临湘"从广义而言，则包括长沙、岳阳等地区，古为熊绎所开拓之荒域。临湘之江南乡，今尚有全村屈姓之族群。此外，该县还有"罗家"、"罗家门"之地名，都可见出古代痕迹。屈原以它为首丘，并最终自沉于汨罗，自是合情合理的必然结果。清人蒋骥云："长沙为楚东南之会，去郢未远，固与荒徼绝异。且熊绎实封于此。原既放逐，不敢越大江而归先王故居，则亦拳拳之意所以蜷蜷有怀也。"⑦其解《怀沙》云："怀沙"之名，与"哀郢""涉江"同义,沙本地名,即今长沙之地,可谓名通之论。此外,他还对《招魂》末句"魂兮归来,哀江南"提出新解:"哀江,在今长沙湘阴县。有大哀、小哀二洲。旧传舜南征,二妃从之不及,哭于此,故名。"并云:"前此犹得以放逐之身,遥见君之颜色。今则目断千里,瞻望无期。回首春时,伤心欲绝⋯⋯亦唯往哀江之南,以誓死而已。"此亦惊人之论,值得重视。

(四)

综上所述,个人看法如下:郢都江陵是屈原的出生地。作为世袭的显宦巨族,自不能远离政治中心,过着封君的生活。从前面言及的"太公封齐,五世葬周。狐死首丘,代马依风"可知,太公五代子孙,均居周京,未返封地,即是成例。所以在屈原的作品中,大都视郢都为故乡,就是这个道理。沅湘环洞庭湖区,为屈氏封邑所在。也是其青少中老年间,不断来往的居停之所。这里的神奇山水、灵树奇花、故家乔木、淳朴遗风,都深深牵动着他的感情,一再形诸吟咏,直到生命的终了。沅湘景物,成了他作品中最突出的色彩。沅湘民风,给了他最丰富的精神营养。司马迁云:"其志洁,故其称物芳。其行廉,故死而不容。自疏濯淖污泥之中,蝉蜕于浊秽,以游尘埃之外。不获世之滋垢,皦然泥而不滓者也。推此志也,虽与日月争光可也。"⑧从沅芷澧兰的泽畔行吟,到濯缨濯足的沧浪问答,可以看出其称物之芳情与濯污之洁志的源头活水。

屈原是属于湖南的，也是属于中华民族与全人类的。他的伟大人格与充满悲情烈概、异彩奇辉的不朽作品，两千年来哺育了亿万人民，鼓舞他们奋斗进取、完善自我、创造理想的生活。"楚虽三户，亡秦必楚"的湖湘刚烈之气，尚武之魂，不正是《国殇》的毅魄与"沉湘"的精诚之体现吗。清末的湖湘二士，新化陈天华、长沙杨守仁相继蹈海而死，志在唤起民众推翻腐朽的清王朝统治。就是对屈子精神最好的发扬。杨守仁即杨开慧之堂叔。守仁之兄杨德邻，亦以反对袁世凯称帝而被杀。与刘和珍同时牺牲的杨德群也是开慧烈士的族人。正如杨度《湖南少年歌》所说："若说中国要灭亡，除非湖南人尽死。"灵均浩气，自当亿万斯年回荡在湘山楚水、舜土尧疆之上，永远激励着我们前进。

【注】
① 谭戒甫：《屈原哀郢的研究》，《四川大学学报》1957年第2期。
② 胡念贻：《屈原作品的真伪问题及其写作年代》，《先秦文学论集》。
③ 夏承焘：《天风阁学词日记·1931年10月》。
④ 王逸：《楚辞章句》第十三卷。
⑤ 王逸：《楚辞章句》第十六卷。
⑥ 段玉裁：《说文解字注》。
⑦ 蒋骥：《山带阁注楚辞余论》。
⑧ 司马迁：《史记·屈贾列传》。

（载《云梦学刊》2006年4期）

高力士与李白

（一）

天宝元年（742），两位声名煊赫、风格迥异的人物相遇于大唐首都长安宫苑。一个是权重四海的冠军大将军渤海郡开国公内侍监首领高力士（690—762），一个是落笔摇五岳、啸傲凌王侯独领风骚的天才诗人李白（701—762）。他们相聚在明皇帝李隆基身边，周旋于沉香亭上、白莲池畔的轻歌曼舞、美酒香花中，这该有多少动人的故事，巧妙的过招，吸引人的目光、引发人的遐想。事实也果然如此。请看李濬《松窗杂录》：

> 开元中，禁中初重木芍药，即今牡丹也。得四本红、紫、浅红、通白者。上移植于兴庆池东沉香亭前。会花方繁开，上乘照夜白（马名），太真妃以步辇从。诏特选梨园弟子中尤者，得乐十六部。李龟年以歌擅一时之名手，捧檀板押众乐前，将歌之。上曰：赏名花、对妃子焉用旧乐为？遂命龟年持金花笺宣赐翰林供奉李白，立进《清平调》三章……龟年以歌词进。上命梨园弟子略约调抚丝竹，遂促龟年以歌之。太真妃持玻璃七宝杯，酌西凉葡桃酒，笑领歌词，意甚厚。上因调玉笛以倚曲……自是顾李翰林尤异于诸学

士。会高力士终以脱乌皮六缝（靴）为深耻。异日，太真妃重吟前词。力士曰：始以妃子怨李白深入骨髓。何反拳拳如是耶？太真妃因惊曰：何翰林学士能辱人如斯？力士曰：以飞燕指妃子，贱之甚矣。太真妃颇深然之。上尝三欲命李白官，卒为宫中所捍而止。

还有段成式的《酉阳杂俎》：

李白名播海内。玄宗于便殿召见。神气高朗，轩轩然若霞举。上不觉忘万乘之尊。因命纳履。白遂展足与高力士曰：去靴。力士失势，遽为脱之。及出，上指白谓力士曰：此人固穷相。

这两则栩栩如生的故事，就是"高力士为李白脱靴"的原创本。李、段皆晚唐人，晚于李白百年左右。这些材料后被大量引用，写入正史、搬上舞台，盛传人口。高力士的弄臣形象就是这样塑成的。但，这是真的吗？首先《松窗杂录》所讲的时间背景——开元中——就完全不对。"开元"共29年。"中"是多少，对折算也在十四五年左右。殊不知贵妃册封在开元二十四年。开元中哪会有赞美贵妃之诗作？另李白在《代宋中丞作自荐表》亦云："天宝初，五府交辟（推荐），名动京师。上皇闻而悦之，召入掖庭。""天宝初"入京，写得明明白白，可谓铁证，足以否定"开元中"其说之非。此外，一些与李白有亲密交往并为他编诗写序的人，如：李阳冰、魏颢以及为他作墓碣的刘全白,也都一致认为是天宝初间奉诏入京。李濬之说,不足取信,再明白不过了。至于《酉阳杂俎》所载,则更为离奇。试想尊贵风流、旷古一人的李隆基能为被他召来的白衣诗人李白的风采镇慑和压倒而说出这样进退失据,出尔反尔的话吗?既然不满李白的放肆,又怎能要提拔他呢?其不合情理,一想可知。实为文人快意编出的小说家言而已。前人对此早有质疑。明人钟泰华在《文苑四史》即指出"恐出自稗官小说"。清人王琦在《李太白文集跋》中亦云:"后人深快其事(指高力士脱靴),而多为溢美之言以动之。然核其事,太白亦安能如论者之期许哉。"表现了一种冷静的理性思考。

  从文献上考查,高力士与李白的交往,也有正面的记述。范传正在《唐左拾遗翰林学士李公新墓碑》云:"天宝初,召见于金銮殿。玄宗明皇帝降辇步迎,如见园、绮……他日泛白莲池。公不在宴。皇欢既洽,召公作序。时公已被酒于翰林苑中。仍(又)命高将军扶以登舟,优宠如是。既而上疏请还旧山。玄宗爱其才,或虑乘醉出入省中,不能不言温室树(宫内秘闻),恐掇后患,惜而遂之。"高大将军扶李白醉上龙舟,调护殷勤,这是多么动人的情节。范传正是李白的通家子侄。其父范伦与李白交往颇密,有《浔阳夜宴诗》相互酬唱。元和十二年(798)传正在宣歙观察使任上曾亲至当涂拜祭、迁墓、新撰碑文。并寻访到李白两个孙女,嘱令当涂政府予以关照,免其徭役。此序真实不虚,堪称信史。所载与李、段之小说家言竟是如此隔若霄壤。这是值得我们认真思考的。

（二）

　　李白是一个有着兼济天下的远大抱负的人。他在《代寿山答孟少府移文书》中提出了："申管晏之谈，谋帝王之术。奋其智能，愿为辅弼。使寰区大定，海县清一"的政治目标，因此很看重应诏来长安的事。在其上玄宗的《大猎赋》中主张："使天人晏安，草木繁殖。六宫斥其珠玉，百姓乐于耕织。寝郑卫之声，却靡曼之色……延荣光于后昆，轶玄风于邃古。拥嘉瑞，臻元符。登封于太山，篆德于社首。岂与七十二帝同条而共贯哉。"把超越七十二帝作为实现其政治理想的崇高目的，可见其自信之强，期许之高。因此对得到明皇帝信任之"蜜月期"，十分欣赏，津津乐道。如："幸陪銮辇出鸿都，身骑飞龙天马驹。王公大人借颜色，金章紫绶来相趋。当时结交何纷纷，片言道合惟有君。待吾尽节报明主，然后相携卧白云"（《驾去温泉宫后赠杨山人》）。以及"汉帝长长苑，夸胡羽猎归。子云叨侍从，献赋有光辉。激赏摇天笔，承恩赐御衣。逢君奏明主，他日共翻飞。"（《温泉侍从归逢故人》）好一派春风得意、志气干云的模样。所与游者，多王公胜流。像杜甫《饮中八仙歌》所咏：贺知章是秘书监，李琎是汝阳王，李适之是右丞相，崔宗之是礼部员外郎，苏晋是礼部侍郎，草圣张旭是长史，焦遂则是名重八方的布衣豪士。杜甫的这一组肖像诗中活画出李白当时的生存状态是何等自由浪漫、放逸不群，

　　但既要作辅国重臣，又要作神仙逸士的李白，他的痛饮狂歌与飞扬跋扈的作派，毕竟不能为宦海官场所容。

不到两年，就不得不上表乞归了。促使他离去的原因，已知与高力士无关。高力士作为行事端慎的人，一直好评如潮。连张说、张九龄、李邕等贤相名臣都尊重有加。这在《全唐文》诸卷中累累提及，不一而足。燕国公张说更为其养父高延福、生父冯君衡、生母麦太夫人三撰碑铭，推许备至。李邕亦有《谢恩命遣高将军出饯状》之文。这样受到皇上与缙绅名臣推重的人，李白性虽豪纵，也必不至无端启衅，以招祸灾。再从李白写给《与韩荆州书》及《上安州裴长史书》看，他是怎样盛赞韩朝宗"有周公之风，躬吐握之事"，称许裴长史"高谊重诺，名飞天京。四方诸侯，闻风暗许"等等，皆不免有谈士旧习，誉言过实。韩、裴不过二流人物，尚且如此恭维。这是不是为我们提供一个反向推理的参数呢？更值得注意的是李白在《为赵宣城与杨右相书》中说："伏惟相公，开张徽猷，寅亮天地。入夔龙之室，持造化之权。安石高枕，苍生是仰。"此文作于天宝十四年，是代宣城守赵悦写的。这里说的杨右相，不是别人，正是杨贵妃的堂兄杨国忠。将杨比为夔龙(舜之贤臣夔与龙)，安石(晋谢安字安石)，此等夸词，皆谀言非实。不过，却从另一侧面反证李白并不怎么嫉恨杨氏兄妹吧。假设真有贵妃谗逐李白之事，能这样写吗？在另一首长诗《赠宣城赵太守悦》中，他再次以肯定的语气提到杨国忠："夔龙一顾重，矫翼凌翔鹓……愿借羲和景，为人照覆盆。"这些地方很是耐人寻味。

那么，真正导致李白离去的原因何在？上面提到的几通碑碣序文为我们提供了大致相同的答案。李阳冰在其《草堂集序》中说："出入翰林中，问以国政。潜草诏告，人无知者。丑正同列，害能成谤。格言不入，帝用疏之。"认为是翰林院同事进谗言的结果。李阳冰是李白的族叔，时任当涂县令，李白晚年投奔他家。《草堂集序》即在李白弥留之际写成的。另一位魏颢，在《李翰林集序》中云："上皇豫游，召白。白时为贵门邀饮，比至半醉。令制出师诏，不草而成。许中书舍人。以张垍谗逐。"魏颢是李白十分欣赏的青年，曾谓之曰："尔后必著大名于天下……无忘老夫与明月奴。因尽出其文，命颢为集。"他对进谗之人说得更加明白肯定。张垍是何许人？乃故丞相张说之子，明皇帝之娇婿，当朝驸马、卫尉卿。当时与其兄均以舍人学士任职翰林院，同掌纶翰，可说是李白的同列长官。他的反对自然是一重大阻力。此外刘全白——自幼即获知于李白的人，在其《唐故翰林学士李君碣记》中云："天宝初，玄宗辟翰林待诏。因为《和蕃书》、上《宣唐鸿猷》一篇，上重之。欲以纶诰之任委之。同列者所谤，诏令归山。"诸家所述，大致相同如此。此外李白在《为宋中丞自荐表》亦云："召人禁掖，既润色于鸿业，或间草于王言。雍容揄扬，特见褒赏。为贱臣诈诡，遂放归山。"在《翰林读书言怀》诗中更点明"青蝇易相点，白雪难同调。本是疏散人，屡贻褊促诮。"与"贱臣诡诈"正相符合。因为在那些规行矩步的馆阁诸臣眼里，李白掀天揭地的诗文，放荡不羁的作派，自然是看不顺眼，无法相容的。于是罗织周纳，编造恶名，赶走了事。而张垍则充当了这幕丑剧的领头者。虽说李白与张垍相识已久，有《玉真公主馆苦雨赠卫尉张卿》二首，然内容除诉苦外，无一字及于友谊。从"弹剑谢公子，无鱼良可哀"看，是以食客冯谖自喻，表示要弹铗归去。这种无奈的语气，不正好说明他们的冷漠与疏远吗？

李白的长安之旅，铩羽而归。这表明他的治国抱负，无法适应诈诡的官场及其复杂的潜规则。他晚年入永王幕，更是一塌糊涂，不可收拾。其实他的问政失败并非"坏"事，不然就算顺利，也不过多了一位补衮高官，却失去了一位辉耀千秋的诗坛巨星。其间的得失成亏，不言自明了。

（三）

高力士与李白晚年境况，颇为相似。他们同卒于宝应元年(762)，只差三个月。又都先后遭贬，发往同一个地方——夜郎(巫州)。而且有着几乎交集的路线，并都有诗作流传。不过李白贬得较早，至德二年(757)十二月，就从浔阳踏上长流夜郎之路。次年夏天来到江夏。初秋七月到岳州，与族叔李晔，舍人贾至等被谪官员相遇，打桨洞庭、吟诗作赋，写下了二三十首诗歌。直到乾元二年(759)春间，还在沅湘一带，有《春滞沅湘有怀山中》诗。李白渡洞庭上峡江抵夔州已是该年春暮，故其诗有"江行几千里，海月十五圆"(《白巴东舟行经瞿唐登巫山最高峰晚还题壁》)。也正是此时李白获赦东归，写了《早发白帝城》这样轻快俊利的名篇。李白的流放，不像一个囚徒，倒像一位山水旅游者。走了15个月，半道闻赦而回。如此自由潇洒，令人难以想象。这可能同其罪名不重，又得到有力者(张镐、崔涣、宋若恩)的保护有关。他的迟迟其行，其实就是以拖待变，等候赦免的策略。从其《流夜郎闻酺不遇》及《放后遇恩不沾》等诗作中可略窥端倪。前诗作于至德二年末。肃宗以收复西京等"赐民酺（聚会畅饮）五日"而李白没有得到这种优待。后诗从其"弃独长沙国，三年未许回"知为乾元二年春初之作，当时还逗留洞庭长沙一带。从中似可感觉他盼赦之心是何等急切。而他终于也等到了"半路承恩放还"的机遇。不然从浔阳到夔州（奉节），充其量二三个月路程。据陆游《入蜀记》，他于八月十一日解舟西上，一路览胜访友，来到巫山，时为十一月廿四日，也不过三个半月而已。李白于乾元二年初秋来到岳州，停留了很长的时间。他同贾至的洞庭唱和诗中云："君为长沙客，我独之夜郎。"（《留别贾舍人至》）说明他要去夜郎贬所。而贾至则有《洞庭送李十二赴零陵》诗，并云："今日相逢落叶前，洞庭秋水远连天。共说金华旧游处，回看北斗欲潸然。"谪宦心情跃然纸上。李白去零陵没有？文献上找不到根据。但李白在去夜郎途中曾经过常德（朗州）似可肯定。其《春滞沅湘有怀山中》有"沅湘春色还，风暖烟草绿。古之伤心人，于此断肠续"之语。提及沅湘水色，当指朗州一带。"沅水横逶，阳山雄峙"正是朗州地势的主要特征，沅水浩浩荡荡地从常德穿城而过流入洞庭。还有一条重要的佐证材料：即被誉为"百代词曲之祖"的《菩萨蛮》。据《湘山野录》载，是"写在鼎州沧水驿楼，复不知何人所撰。魏道辅泰见而爱之。后至长沙，得《古风集》于子宣（曾布）内翰家，乃知李白所作。""鼎州"，宋人改朗州为鼎州，即今常德市。沧水驿在其属县龙阳（今汉寿）的沧港，正是沅水流经之地。更值得注意的是词中所写"平林漠漠烟如织，寒山一带伤心碧"诸语，其景色心境与前诗严丝合缝，如一笔写出，理应视为李白赴夜郎途中之作。朗州距沅水上游的夜郎（巫州）水路并不遥远。据杜佑《通典》一百八十三卷推算巫州（龙标）至朗州武陵陆程六百里，水程泝沅入武陵为八百里。王昌龄贬夜郎即取道由朗州至龙标。观其《武陵田太守席送司马卢溪诗》"诸侯分楚郡，饮饯五溪春。山水清晖远，俱怜一逐臣"可知。看来李白是徜徉沅水，与夜郎擦肩而过了。

高力士贬巫州（治所在龙标，辖夜郎、渭溪、思微三县），在上元二年（760）七月。起因是他反对权幸宦官李辅国用武力强迫太上皇李隆基迁往西内，加以软禁。《资治通鉴》二二一卷载："秋七月丁未，辅国矫称上（肃宗）语，迎上皇游西内。至睿武门辅国将射生五百骑露刃遮道奏曰：皇帝以兴庆宫湫隘，迎上皇迁居大内。上皇惊，几坠。高力士曰：李辅国何得无礼。叱令下马。辅国不得已而下。力士因宣上皇诰曰：诸将士各好在。将士皆纳刃再拜，呼万岁。力士又叱辅国与己共执上皇马鞍，侍卫如西内，居甘露殿。辅国率众而退……丙辰，高力士流巫州。"另据《新唐书本传》：力士行前曰："臣当死已久，天子哀怜至今。愿一见陛下颜色，死不恨。李辅国不许。"遂开始了他那一去不复返的悲壮旅程。他的《咏荠》诗，即作于巫州贬所："两京作斤卖，五溪无人采。夷夏虽有殊，气味终不改。"借物明志，表现了纵有沧桑巨变，而不改本色的高尚操守。宝应元年（762）春末，病中的肃宗下令召高力士回京（在李林甫迫害作为皇子的肃宗时，高力士曾加以保护——见《资治通鉴》二百十四卷）。

当力士奉诏来到朗州，始获知玄宗、肃宗父子在十四天内相继去世的噩耗。意外的打击把高力士击垮了。他号啕恸哭，呕血不止。八月病卒于朗州龙兴寺。新继位的代宗皇帝以其"护卫先帝劳，还其官，赐扬州大都督，陪葬泰陵（玄宗陵寝）"，并为他举行了隆重的葬礼。据高力士墓志铭称："八月八日终于朗州龙兴寺，享年七十三岁。"上推七十三年，应生于武后天授元年（690），与《新唐书》"卒年七十九"不合，《新唐书》成于宋代，自不如当代奉王命所作墓志铭真实可靠。且与铭文所言"年未十岁，入于宫闱。武后期壮而将之：别命女徒鞠育"相合，当为信史，足证史籍之误。在知制诰潘炎奉王命撰写的《大唐故开府仪同三司兼内侍监上柱国齐国公赠扬州大都督高公墓志铭》的铭词云："五岭之南歌大冯，桂林湘水神降公……五十年间佐圣躬，无瑕遇谪迁巴东。来归未达鼎湖空，抚膺一绝如有穷。魂随仙驾游苍穹。托茔山足茂林中，君臣义重天地终。"盖棺论定如是，可谓备极哀荣了。李贽在《史纲评要》中指出"高力士真忠臣也，谁谓阉宦无人"，是摒弃了传统偏见的中允不二的傥论。歌词首句所云"五岭之南歌大冯"有特殊背景，须要略加说明：高力士本姓冯，名元一，是岭南华阀大族。其曾祖冯盎为唐初高州都督耿国公广韶等十八州总管。祖父冯伩为潘州刺史。父冯君衡依例世袭潘州刺史，而为官方所不容，以擅袭父职被诛。九岁的冯元一，作为阉童由岭南招讨使李千里送到武则天身边。因年幼交内侍高延福抚养，并改名高力士。其远祖冯业则是南北朝时北燕国主冯弘的族子，为北魏所逼，渡海定居岭南，世为粤中豪族。其跌宕起伏的家族史同样极富传奇性，但非本文所能尽，就不再赘述了。

(载《中国韵文学刊》2007年3期)

古体诗新生命论

集汉语言文字声情意象之美的传统诗词是中华文化的极品。它以其无穷的艺术魅力和与日共新的生命力，深深影响着、塑造着千百代人民的心灵、品格与价值取向。它是我们民族文化的符号与精神的象征。然而这一珍贵的遗产，近百年来却遭遇到意识形态的丑化和话语霸权的放逐。只是在改革开放以后，才拨开迷雾，走上了复兴之路。本文拟对这段历史略作回顾，并就有关古诗当下的作用与前景试加综述。

百年浮沉录

1918年胡适之先生在《建设的文学革命论》中断言："我想我们提倡文学革命的人，固然不能不从破坏一方面下手。但是我们仔细看来，现在的旧派文学实在不值得一驳……因为这二千年的文人所做的文学都是死的，都是用已经死了的语言文字做的。死文字决不能产生活文学。所以中国这二千年只有些死文学。"他在《文学改良刍议》中坚持"文当废骈，诗当废律。"直到晚年仍说："骈体文有欠文明"、"是中国语文的蛮夷化"，"（是）中国中古时期的杂种"[1]等等。就这样，在胡适及其同志之士的大力鼓吹下，挟着欧风美雨的优势，开辟出白话文的一方新天地，同时也建立了几乎牢不可破的排摒多元的话语霸权。六十年来，旧诗被主流文学所摒弃，几乎成了不可接触的瘟疫，成为遗老遗少"迷恋骸骨"的代名词。这些都是我们这辈人所亲经亲历的事实。在这种强势的白话文高压下，甚至连柳亚子先生这位诗坛飞将也不自信了。他在1944年写的《旧诗革命宣言》中说："旧诗必亡"，"平仄的消失，极迟是五十年以内的事"②。

然而事实并非如此。就在风狂雨酷、鱼龙惨淡的半个多世纪里，备受煎熬的古诗群体仍在顽强地坚持着、守护着古诗的文脉，并以自己的声音呼应着时代的风雷，而且取得了骄人的成绩。三十年代创办的《词学季刊》，首开以现代科学方法研究词学之风。在牒谱、词乐、词律、词艺方面取得空前突破之时，还发表了大批忧国伤世、针砭时弊的佳作。涌现出像刘永济、夏承焘、龙榆生、吕碧城等杰出的学者和词家。一些优秀诗人还获得当局的大奖。如邵祖平的《培风楼集》获得教育部一等奖。唐玉虬的《国声集》等抗日诗词也于1942年与冯友兰、王力、曹禺、费孝通、周培源、华罗庚等同获教育部褒奖③。至于新文学界的巨子如鲁迅、郭沫若、闻一多、郁达夫等也创作了一批大受推崇的旧体诗词。据华钟彦《五四以来诗词选》所收，即达四百余家。刘梦芙《二十世纪中华词选》入选词家838人，词作7000余首。另据胡迎建的《民国旧体诗史稿》所述：此时仅南社诗人即多达千家以上。天津曹镶蘅主编的《采风录》（刊于《国闻周报》）连发旧诗500期。被誉为"近代诗坛的维系者""诗坛的重心"④。其数量质量都令人为之刮目。

粉碎"四人帮"以后，特别是改革开放以来，双百方针得以贯彻。久受压制的传统诗词获得解放，顿呈井喷现象。中华诗词学会现有会员15000余人。地方各级的会员、诗友约在两百万人左右。以湖南汨罗为例，现有诗词人口

6800余人,出版的个人诗集124部。为纪念抗日胜利六十周年举办的诗词歌咏会,参加者多达25000人。其"骚坛诗社"的活动曾见载于《人民日报海外版》。以中青年为主体的网络诗词尤为活跃。2003年建立的《中华诗词论坛网》已拥有会员43000余人。诗词网站的主题帖子总数达900万条之多。诗词之热,正在持久升温,成为文化阵线上一道越来越美丽的风景。

打不死的神蛇

新加坡的诗坛泰斗潘受先生曾说:"中国古诗是打不死的神蛇。"⑤毛泽东也说过:"旧体诗要发展,要改革,一万年也打不倒。因这种东西最能反映中国人民的特性和风尚。"⑥它何以有如此顽强的生命力呢?我以为同以下特点有关:

首先是神奇的汉字。作为古诗载体的汉字,它是人类语言文字中独一无二的天才创造。它具有象形、会意兼及某种程度的标音(如形声字)之特点。而且还有着超常的稳定性、灵活性与呈网状辐射的构词功能,以及词类活用等语法特点。因而最宜于表现意象。能为它提供多元化的文本与广阔想象空间。美国语言学家范尼洛萨是这样评价汉字的:"(它)充满动感,不为西方语法框死","诗的思维通过暗示来工作……使它孕育,充电,自内发光。在汉语里,每个字都聚存着这种能量。""(它)充满感性信息,接近生活,接近自然。"⑦安子介先生更以为:"汉字是中国的第五大发明","汉字是拼形的文字,学了汉字能使人更聪明","汉字是发展联想的积木,开发智商的魔方。"⑧郑敏认为"汉字能直接传达文化的感性与智性的内容……是中华文化的地质层。"⑨以上论述极富启发与创见，很符合汉字的特点。就以"人"为例，其篆意像臂膀腿胫之形"从"字像二人相随。"比"像二人相密。"北"像二人相反。"化"像二人相倒。一正一反，变化之意。"仁"像二人相合，引申为仁德之义。用极简括的造型变化，表现如此丰富深刻的意蕴，可说是天机迸发的创造。1693年康熙皇帝为宣武门教堂撰联云：

无始无终　先作形声真主宰；
宣仁宣义　聿昭拯济大权衡。

这副对联表达了他对上帝与人生的觉解，充满哲思妙谛。因而大获法国启蒙主义思想家伏尔泰的赞赏。⑩李鸿章出使英伦，为维多利亚女皇祝寿。在纪念册上题辞云：

西望瑶池降王母，东来紫气满函关。⑪

全用老杜成句。上赞英皇，下切中国，可谓天设地造，妙不可言。使英伦政治家与学者名流无不为之倾倒。上世纪的顶级诗人庞德，在谈到意象派的创造，从不讳言汉字对他的影响。他说："中国诗人把诗质呈现出便很满足。他们不说教，不加陈述。"⑫"从运用浓缩明彻文化面的并置，到应用中国字形结构作为其诗的内凝涡漩力"⑬作为其重要的艺术经验。他的代表作《弥曹车站》：

熙攘人群中脸庞的骤现
潮湿黝黑树枝上的花瓣⑭

就是运用中国诗中常见的"意象叠加"与"错乱语法"来突出意象的视觉性，凸显空间的对位关系的成功例证。

其次是韵律的魅力。古诗的平仄韵脚，将汉语的顿挫回环之美发挥到了极致。沈德潜云："诗以声为用者也。其微妙在抑扬抗坠之间。读者静气按节，密咏恬吟，觉前人声中难写，象外别传之妙，一齐俱出。"⑮叶恭绰亦云："第文艺之有声调节拍者，恒能通乎天籁而持人之情性"⑯（《古槐书屋诗序》）的确如此，诗词声情之美，既可悦听动情，又能强化记忆、有裨构思和欣赏，大增其美感。相似内容，有无韵律之助，高下立判。比如裴多菲的《自由爱情》，茅盾、殷夫、孙用都有译本。茅盾1923年译自英语的文本是这样的：

我一生最宝贵：／恋爱与自由。／为了恋爱原故，／生命可以舍去。／但为了自由的原故，／我将欢欢喜喜地把恋爱舍去。⑰

而1929年殷夫译自德文的文本则是：

生命诚宝贵，爱情价更高。
若为自由故，二者皆可抛。⑱

他把原来的六行压成四行有韵的古诗。却精华尽出，几乎有口皆碑了。韵律感在人们心目中已成为诗的基本要素，甚至积淀为根深蒂固的本能与潜意识了。试想：王敦高吟阿瞒的"老骥伏枥，志在千里。"以铁如意击打唾壶的豪情悲慨；东坡居士泛舟赤壁扣舷而歌"桂棹兮兰桨，击空明兮溯流光"时的出尘风度，是何等令人神观飞越。此外，如诗艺之超妙，诗论之精深，诗风之普及，以及其美听易记、有助风雅等特点，都使它成为人们文化生活的首选。我想这大概就是其历劫不衰而长葆蓬勃生机的重要原因吧。

生面话诗坛

百年诗坛虽潮起潮落，但总是不断地向前推进着。早在二十世纪之交，诗界内部即已涌动着革新的潮流。梁启超即是"诗界革命"的早期倡导者。他说"欲为诗界哥伦布，玛赛郎，不可不备三长：第一要新意境，第二要新语句，而又须以古人之风格入之，然后成为诗。"又云："能以旧风格含新意境，斯可以举革命之实矣。"[19]这里所说的"旧风格"，是指形式格律而言的。梁氏的主张是在保持固有形式的框架内，革新其内容。他与"犁庭扫穴"的胡适之不同，走的是一条渐进的"继雅开新"之路。当时颇受欢迎。风气所被，名作迭出。如康有为的《出都留别》：

天龙作骑万灵从，独立飞来缥缈峰。
怀抱芳馨兰一握，纵横宙合雾千重[20]。

气势是何等轩昂壮伟。梁启超的《太平洋遇雨》：

一雨纵横亘二洲，浪涛天地入东流。
劫余人物淘难尽，又挟风雷作远游㉑。

虽经困厄而不坠其擎云气概，固是伟人襟抱。另如钱名山的《屈原》：

饮沆含霞意自哀，三闾情种不仙才，
远游已涉青云上，犹为家山掩涕来㉒。

以及柳亚子的《空言》：

孔佛耶回付一嗤，空言淑世总非宜。
能持主义融科学，独拜弥天马克思㉓。

无不想落天外，震烁古今，堪称诗林奇作。此时的词坛亦异彩腾骞，各具胜境。如吕碧城的《金缕曲·纽约自由女神像》：

值得黄金范，指沧溟，神光离合，大千瞻遍。一簇华灯高擎处，十狱九渊同灿。是我佛，慈航舣岸⋯⋯　花满西洲开天府，算当时、多少头颅换。铭座右，此殷鉴㉔。

这是何等的境界、笔力，与何等超迈的历史眼光。

夏承焘先生的《玉楼春·观国庆焰火翌日同马一浮、谢无量乘机南归》：

归来枕席馀奇彩，龙喷鲸呿呈百态。欲招千载汉唐人，共俯一城歌吹海。　　天心月胁行无碍，一夜神游周九塞。明朝虹背和翁吟，应有风雷生謦咳。㉕

此词作于天安门观礼归来的飞机之上。缩千秋于一瞬，纳万象于毫端，自古词林，无此境界。

无论从哪个角度说，这些作品都是经得起时间检验的诗歌杰作，可却被打入另册，长期见弃于主流文学之外，这难道公平吗？除此之外，新文学的一些主将如鲁迅、郁达夫、闻一多、郭沫若等，也都创作了一批深受大众欢迎的旧体佳作。最为吊诡的是坚决反对旧诗的胡适，仍不时技痒，写了一批旧诗。据唐德刚说：1960年胡适把新写的《冲绳岛上口占·赠钮惕生先生》交给他。诗文如下：

冲绳岛上话南菁，海浪天风不解听。
乞与人间留记录，当年朋辈剩先生㉖！

并催他抓紧"与钮惕老联络，赶快把这段历史纪录下来。"更有意思的是，胡适在谈到他用《好事近》词牌填的《飞行小赞》时说："（这）不是新路，只是我试走了的一条老路。"我们是不是可以这么认为：反了一辈子旧诗的胡适之先生，却没有能走出旧体诗的"阴影"呢？还是毛泽东最痛快、本色。他对陈毅说："少时不为新诗，老来无兴学。觉旧诗词表现于感情较亲切。新诗于民族感情不甚合腔，且形式无定，不易记，不易诵。"㉒至于毛泽东本人的诗词，以无产阶级革命领袖的胸襟气度施之于笔墨，其境界之高远，影响之深广，自不待言。在那万马齐喑的年代里，他的作品成了撑起诗坛天宇的大柱，发挥了延续一线生机的巨大作用。

粉碎"四人帮"以后，国步更新，百花齐放。传统诗词得以摆脱桎梏，重获生机。1987年中华诗词学会乃应运而生，《中华诗词》刊物亦相继问世，成为国内诗歌第一大刊。各地诗词组织与刊物也如井喷一样大量涌现。学会提出的"倡今""知古""求正""容变"等主张，逐渐成为大家的共识。

我们今天讨论诗词的发展进步，一定要解决好"当代性"的问题。二十一世纪的歌者当然要接通文脉，充分体现民族的气派与审美的心理观照。忽视传统必将为大众所摒弃。但我们也不能满足于克隆过去的辉煌。而应当直面现实，勇于开拓与创新。要充分体现创作主体的风采，以自己的声音表现时代的众生相。要以当代情怀、当代视野与当代性的表现技巧来诠释人生、丰富诗境，引领大家提升人文生活的价值。比如对社会正义的坚守，对民族和谐的呵护，对公民意识的培植与对人生终极意义的追求等。诗是高雅的艺术，既要求诗艺的完美，更要求心灵的高尚。一个缺少家国社会之大爱的人，必然心灵鄙琐，无法发现人生价值。诗人同时也是思想者。他的艺术世界应当由纵向的历史与横向的现实与交集于心中的灵光爆破所构建。飞速发展而又缤纷错综的伟大的时代为我们提供了大展身手的舞台。三十年来异常活跃的诗坛已经证明了这一点。

　　诗贵生新独创。聂绀弩说："吾生俯拾皆佳句，哪有功夫学古人"。即是这种主体人格高扬的表现。首届诗词大赛获奖作品《金榜集》中有佚名的《喜澳星发射成功》："何必玄玄说太空，澳星发射喜成功，银河水木火金土，半在吾人掌握中。"[28]思路和气象都戛然独创，迥不犹人。该书另一首王巨农的《观北海九龙壁》："久蛰思高举，长怀捧日心。也曾鳞爪露，终乏水云深。天鼓挝南国，春旗荡邓林。者番堪破壁，昂首上千寻。"[29]通篇以龙为喻，表现改革开放之冲破禁锢，一飞冲天的好势头与大欢乐。雄奇雅健，可谓时代的强音。去年抗震救灾中，身为副总指挥的马凯在救死扶伤的日夜鏖战中写下了现场实录的《抗震组诗》，其《生死搏》云："请挺住，别远走。祖国在，坚相守。派天兵堵鬼门口。争秒分与死神斗。顶断梁开希望路，冒余震救亲骨肉。残垣但见光一缕，钻撬刨搬不撒手。地狱劫生六千还，人间奇迹新谱就。"[30]在泰山压顶，一发千钧的大劫难中，我们的领导者、子弟兵就是这样置死生于度外地去营救难胞，送去生的希望，创造人间奇迹的。刘征的《赞本多立泰郎》——一位91岁的日本老兵，在卢沟桥下跪谢罪之作："男儿膝下有黄金，一跪翻成丈二身。簸海腥风渺尘芥，堂堂君是大和魂。"虔诚一跪，泯尽恩仇。"簸海"两句天惊石破，把中华民族的重别是非而不念旧恶的伟大胸襟如此厚重的表现出来。并从全新的角度诠释了"大和魂"[31]，可谓开诗坛未到之境。青年词人蔡世平的《蝶恋花·情赌》写儿女子的相爱，则是另外一番景象了。"删去相思才一句，湘水东头，便觉呜咽语……应有天心连地腑，河山隔断鱼莺哭。"（题下小注云："人与己设情赌，'忘'他一日，验情之深浅，皆闻'忘'落泪，毛发俱寒，不知心归何处。"㉜）这种测试爱情的念头，精灵古怪，从头到尾都是超现代的"非非"奇想。"天心""地腑"怎么"连"？"鱼莺"会哭吗？俨然是庞德的"意象叠加"与"错乱语法"的匠心移置。它大大强化了"陌生感"与"新奇感"对读者的冲击力度，是善用当代技法推陈出新的成功范例。

老辈词家寇梦碧的《水龙吟·放歌》同样是不可多得之作。"古愁郁勃填胸，关河纵目迷苍莽。神州一发，齐烟九点，步虚来往……谁辟太初万象，恍当年巨灵运掌。荒茫百怪，紫肩谁扣，恨留天壤。怀古奇哀，纷来眼底，浩歌休唱。怕新声惊起，羲和敲日，作玻璃响。"㉝词人面对浩茫宇宙，变幻世象，提出了一系列的追问，要探究宇宙之所起，生命之所归。一段时空怅惘之情，并化作古愁，纷呈笔底，令人有无穷的感喟。可说是以古为新、接轨当代的漂亮的转身。

赵翼云："诗文随世运，无日不趋新。"吴之振亦云："两间之气，屡迁而益新，人之心灵意匠，亦日出而不匮。故文者日变之道也。夫学者之心日进，斯日变；日变，斯日新。一息不进，则为已陈之刍狗，盖变而日新，人心气运所必至之数也。"㉞说得多么透彻。当代诗词已走出低谷，开始了初步繁荣。但应当看到，真正能打动人心，引领时代潮流之鸿篇力作，还是太少。多数作品水平不高。公式化、概念化、千人一面、千腔一调，缺少新意象、新语言、新技法的作品大量存在。有的甚至不讲平仄韵律，自造所谓"新体"。无视传统，莫此为甚。唐德刚先生在为著名女诗人阚家蓂诗集作序中说："写新诗可以完全凭才气、凭灵感来创作，就可以在一代诗坛崭露头角了，……写旧诗就没有这福分了。它是在灵感和才气之外，还需要有相当的汉学根基，以及锤炼和推敲的长期练习，才可略窥堂奥的。胡适老师就曾亲口向我说，作律诗要几十年的工夫。"[35]可谓精当之论。如何进一步解决继承与创新的问题，十分重要。这取决于我们对理论的自觉，对时代使命感的承担，对才艺的精益求精。作诗，除了苦吟，还要有妙想，还要有深刻的思维，苦学而没有才华，有才华而没有思维深度，都是不够的。诗人的本领，在于他有足够的智慧，能从看似平淡中发现引人入胜的妙处，并将它定格为一种意境。"新变"是一切严肃的诗人艺术家毕生追求的目标，当代诗词应当于此着力。盛世昌诗，此其时矣。希望普天下的诗人抒彩笔，吐心声，谱写出金声玉振的诗篇，把这个伟大的时代装扮得更光昌壮丽吧。

（载《文史哲》2010 年 2 期）

【注】

① 唐德刚《胡适口述自传》（广西师大出版社 2005 年版，第 256、258 页）

② 《柳亚子五十晋八寿辰纪念册》（桂林南明史料纂征社 1994 年版第 2 页）；又参见柳亚子《新诗和旧诗》（《中国现代文论选》第一册，贵阳：贵州人民出版社：1982 年版，第 207、208 页）

③ 参见《唐玉虬诗论介》(《中华诗词》2001 增刊)
④ 参见胡迎建《民国旧体诗史稿》(南昌：江西人民出版社 2005 年第一版第 19 页)
⑤ 吕坪《四海行吟》(广州岭南美术出版社 2006 年版第 1 页)
⑥ 刘汉民《毛泽东说文说艺实录》(武汉长江文艺出版社 1992 年版第 117 页)
⑦ 范尼洛萨《汉字作为诗歌的媒体》(D．阿伦与托曼编《美国新诗学》1979 纽约 13—15 页)
⑧ 安子介《劈文切字集》(香港瑞福公司 1987 年版，参见《汉字是中国第五大发明》语文教学通讲 1995 年第 1 期)
⑨《语言观念必须革新》(1997 年《汉字文化》第四期)
⑩ 李天刚《论明末以来中国基督教的文化传统》按此联乃从西文转译。"形声"疑当作"心身"，"拯济"疑当作"开济"，录以备考。
⑪《长沙晚报》2003 年 12 月 5 日《星辰在线》
⑫ 吉永生《中国古诗与庞德的理解》(《云南行政学院学报》1999 年)
⑬ 参见罗春华《中日诗歌的英译对英美意象主义诗歌运动的影响》(《太原理工大学学报》2004 年 12 月 4 期)
⑭ 李元洛《诗美学》(江苏文艺出版社 1987 年版第 163 页)
⑮《说诗晬语》(《清诗话》上海古籍出版社 1963 年版第 521 页)
⑯ 参见俞平伯《古槐书屋词》(香港书谱社 1970 年版第 1、2 页)
⑰《小说月报》1923 年 1 月号
⑱ 鲁迅《为了忘却的记念》，《鲁迅全集》(四卷)，人民文学出版社，1985 年版，第 479 页
⑲《中国大百科全书·中国文学》(中国大百科全书出版社，1986 年版，415 页)

⑳《康有为诗文选》（人民文学出版社1990年版，第160页）
㉑《百代千家绝句诗》（合肥：黄山书社 2007年版，778页）
㉒ 夏承焘《天风阁学词日记》1931年10月29日（浙江古籍出版社1984年版，240页）
㉓《柳亚子诗选》（广东人民出版社1981年版 第181页）
㉔ 周笃文编《豪放词》（辽宁教育出版社2009年版第226页）
㉕《夏承焘集》（杭州：浙江古籍出版社1998年版第225页）
㉖ 唐德刚《胡适口述自传》（广西师大出版社2005年版第32页）
㉗ 夏承焘《天风阁学词日记》1964年12月22日（浙江古籍出版社1984年版第1009页）
㉘《金榜集》（北京：学苑出版社1993年版第97页）
㉙《金榜集》（北京：学苑出版社1993年版第1页）
㉚ 马凯《心声集》（北京：线装书局2009年版第9页）
㉛ 中华诗词文库《刘征诗词》（作家出版社2007年版第174页）
㉜《蔡世平词选》（北京：中国青年出版社2006年版第7页）
㉝ 周笃文《豪放词》（辽宁教育出版社2009年版第33页）
㉞（宋）方虚谷《唐宋诗三千首——瀛奎律髓》（北京：中国书店1990年版第2页）
㉟ 阚家蓂《也谈旧体诗词》（《中华诗论十年评论选》北京：中国文史出版社2004年版第203页）

后　　记

　　这本诗集,大体记录了我近六十年习诗的足迹。体例则按诗词分为两卷。以创作年代为序。本次增订,收入二〇〇三年以后诗词各五十首,共得六百首。

　　我写诗属于业余性质,而且在很长时间被视为是不合时宜的积习。因此时断时续,是零散的、随感式的,缺少系统性地刻意经营。粗疏之处,肯定不少。如果还能窥到一点时代的掠影与历史巨变中书生的心灵之脉动的话,就算不负初心了。诗后选附论文三篇,是为了便于读者了解我的诗学倾向,进行沟通。凡此种种统望读者知交,不吝赐教。最后要特别感谢老友蔡厚示、刘庆云教授、李元洛先生所赐宝贵的序文以及他们对我的鼓励和鞭策,我将继续努力,期以寸进,仰答高情。

周笃文

乙丑雪中呵冻书

再版后记

  拙作《影珠书屋吟稿（增订本）》2010年由中国文联出版社出版。安民见告中国书籍出版社新近与中华诗词学会组织出版"中华诗词存稿"，拙集入选得以再版发行，私心甚感。遵安民提议，自选新增近作诗十八首，词八首，赋二篇。八十高龄，欣逢盛世，得以扶杖逍遥，以观太平，乐何如之！书此以致谢志感。

汨罗周笃文敬识
己亥秋于北京马连道书房